HAYMON
verlag

Bettina Balàka

Der Zauberer vom Cobenzl

Roman

„Es schien, als lebte jedes Blatt und jeder Grashalm
sein eigenes, volles und glückliches Leben."
Leo N. Tolstoi

Od, das. Substantiv, Neutrum:
Alles in der gesamten Natur durchdringendes Dynamid.

In der Nacht vom 9. auf den 10. November 1844 zogen wir hinaus zum Grinzinger Friedhof, um das Auftreten von Erscheinungen zu notieren.

„Hermine", sagte Vater, „es wird so finster sein, dass wir nicht schreiben können. Du musst daher mein Aufzeichnungsapparat sein. Alles, was geschieht, alles, was du hörst, riechst, empfindest oder trotz der Allschwärze siehst, musst du dir einprägen, um es gleich nach unserer Rückkehr niederschreiben zu können."

Eine halbe Stunde vor Mitternacht brachen wir auf. In seinem langen schwarzen Radmantel sah Vater selbst wie eine Erscheinung aus. Groß, hager, mit hoher Stirn und einem noch höheren Zylinder musste er von der Ferne unheimlich wirken. Zumindest war es das, was die Leute von ihm sagten, dass er ihnen nicht geheuer war, dass er womöglich mit finsteren Mächten im Bunde stand und dass man sich besser drei Mal bekreuzigte, wenn man am Schloss Cobenzl vorbeikam.

Ganz und gar nicht gespenstisch sah Fräulein Leopoldine Reichel aus, jene hochsensitive Person, die sich bereit erklärt hatte, Vater für seine Untersuchung zur Verfügung zu stehen, und die wir bis jetzt mit Kaffee und Konversation munter gehalten hatten. Fräulein Reichel, die Tochter eines Französischlehrers, war im Zuge einer schweren Erkrankung immer wieder von Katalepsien geplagt worden, die zu einer außerordentlich erhöhten Reizbarkeit führten. Die Krankheit legte sich zum Glück, die Sensitivität blieb. Dass sie besondere Fähigkeiten hatte, sah man der jungen Frau nicht an. Sie wirkte fröhlich und naiv und an ihren Toiletten fanden sich immer kleine Ungeschicklichkeiten.

Der Wagen wartete schon vor dem Schloss, und unsere Haushälterin Ida Zitterer – Fräulein Ida, wie wir sie nannten – geleitete uns zu ihm, um sicherzustellen, dass wir gut in die pelzgefütterten Fußsäcke verstaut wurden.

„Viel, viel Glück", sagte sie.

„Sie brauchen keine Angst um uns zu haben, meine Gute", erwiderte Vater.

„Gehörte Ängstlichkeit zu meinen Eigenschaften, Herr Baron, wäre ich für dieses Haus gänzlich ungeeignet", gab sie zurück.

Der Kutscher schnalzte mit der Peitsche, die beiden Bediensteten sprangen hinten hinauf. Sie hielten Fackeln in den Händen, auf beiden Seiten des Kutschbocks brannten Laternen. In dieser mondlosen und bewölkten Nacht bot unser Gefährt einen flammenden Anblick. Die Pferde schnaubten, ihre Hufe fielen dumpf auf den Kies, die Räder knirschten. Fräulein Reichel seufzte und kicherte abwechselnd vor Aufregung. Vater, der neben ihr saß, war über die Maßen gut gelaunt und ließ seine Stimme erdröhnen: „Vergessen Sie nicht, Fräulein Reichel: Fassen Sie alles in Worte, was Ihnen geschieht, was Sie wahrnehmen, was Ihnen durch den Kopf geht. Wollen Sie nach links gehen, sagen Sie: Ich werde jetzt nach links gehen. Führen Sie laut Protokoll, damit Hermine und ich – wie heißt es doch so schön! – nicht im Dunkeln gelassen werden!"

Mir war ein wenig übel, aber das lag wohl daran, dass ich den beiden gegenüber und damit gegen die Fahrtrichtung saß, was mir vor allem beim Bergabsausen auf den Magen schlug. Ich hatte das Gefühl, mit dem Rücken voran in die Tiefe zu fallen.

Zum Glück war die Fahrt nicht weit, Vater hatte für sein Experiment jenen Friedhof ausgewählt, der Schloss Cobenzl am nächsten lag und überdies den Vorteil bot, eine große Zahl an frischen und frischesten Gräbern aufzuweisen. Seiner Theorie zufolge, für die es den Beweis zu erbringen galt, waren die Erscheinungen nämlich auf diesem am deutlichsten zu sehen, da sie mit der Zeit gewissermaßen verdampften. Nach etlichen Jahren war das Odlicht aus den Gräbern vermutlich ausgeraucht wie Parfum aus einem offenen Flakon.

Der Grinzinger Friedhof war damals noch nicht alt, erst vierzehn Jahre zuvor war er geweiht worden. 1829 hatte der Leinwandhändler Franz Huschka Ritter von Raschitzburg das Grundstück gestiftet, im Jänner darauf war er schon tot und fand seine Grabstätte dort, wo er so vorsorglich für die Verstorbenen Platz geschaffen hatte. Die Leute meinten, dass er den Todesfluch auf sich geladen hatte, als er den Grund den Feen und Elfen entzogen und durch die christliche Weihe für sie unbewohnbar gemacht hatte. Vater hingegen sagte, der Leinwandhändler sei wohl schon sehr krank gewesen, als er sich entschloss, den Ort zu seiner letzten Ruhestätte zu bestimmen und dies mit einem großzügigen Geschenk an das Dorf Grinzing zu verbinden. Ich hatte sein Grabmal gesehen, es war aus poliertem grauem Stein, trug eine goldene Inschrift und war gekrönt von einem Relief mit einem hingesunkenen Engel darauf. Ob ich es nun, im Finstern, tastend wiedererkennen würde?

Das letzte Stück mussten wir zu Fuß gehen. Der Wagen hielt in einem kleinen Wäldchen, von dem der Weg die Anhöhe zum Friedhof hinaufführte, sodass nach Vaters Plan die Laternen- und Fackellichter hinter der Hügelkuppe und unter den Baumkronen verschwinden mussten. Er sollte recht behalten. Nachdem wir eine Weile gegangen waren, war kein Schein mehr zu sehen. Leichter Schnee fiel und sammelte sich schimmernd am Wegrand, in der kalten Luft ging es mir schnell besser und ich steckte meine Hände tief in den Muff. Es war ein Bärenfellmuff, angeblich von dem letzten Bären, der in den Wäldern um Blansko gelebt hatte. Blansko in Mähren, wo auch wir gelebt hatten, bevor Vater dort nicht mehr willkommen war und wir hierher in die Nähe von Wien ziehen mussten.

Mit großen Schritten ging Vater voran, hinter ihm trippelte Fräulein Reichel mit hochgerafften Röcken und ihr heller Mantel bot meinem Auge Halt, denn ich bildete den Abschluss, um zu verhindern, dass sie, die Wichtigste, uns abhandenkam. Obwohl wir Frauen deutlich jünger waren als Vater, gerieten wir schnell außer Atem, denn mit einem vom Forscherdrang Getriebenen Schritt zu halten war bildlich wie wörtlich nicht leicht.

„Wenn wir bis Sonnenaufgang nicht zurück sind, sucht nach uns!", hatte er zu dem Kutscher gesagt und ihm in das erschrockene Gesicht gelacht. „Keine Sorge, das Schlimmste, was passieren kann, ist, dass wir alle drei in eine frisch ausgehobene Grube fallen – die Toten fressen uns schon nicht!"

Bald hatten wir das Friedhofstor erreicht, das unversperrt war, so wie Vater es angeordnet hatte. Mir schien es, als ob es innerhalb der Mauern dieses Totengartens noch stiller, kälter und finsterer war als draußen, aber das war wohl nur ein Gedankenschatten, der sich um mich schloss. Vater bot Fräulein Reichel und mir nun jeweils einen Arm, und uns aneinander festhaltend stiegen wir weiter hinauf.

Die Anhöhe, auf der der Grinzinger Friedhof lag, bot bei Tageslicht eine herrliche Rundumsicht. Gegen Norden hin lagen Weinberge, üppige Kuhweiden und die bewaldeten Kuppen des (ganz und gar nicht kahlen) Kahlengebirges, sogar ein kleines Eck unseres baumumrauschten Schlosses war zu sehen. Östlich davon leuchtete das weiße Kirchlein des Leopoldsberges, dessen felsige Flanke steil zur Donau abfiel. Im Süden, in der Ebene, versammelten sich Dörfer und verdichteten sich zu Vororten und Vorstädten um Wien. In diese Richtung deutete nun Vater und erklärte: „Nicht finster genug für meinen Geschmack!"

Die Stadt innerhalb der Basteien glitzerte wie ein Diamant in seiner Fassung. Manche der kleinen Lichter hatten einen Puls wie Sterne, andere bewegten sich wie Kometen. Da waren noch Gesellschaften im Gange, Bälle, Redouten, man vergnügte sich nach dem Theater oder der Oper, nahm ein Mitternachtssouper ein, fuhr mit dem Wagen von einer Lustbarkeit zur anderen. In den Vorstädten war es schon dünkler, in den Vororten jenseits des Linienwalles schlief man zumeist. Vielleicht wachte irgendwo eine Mutter bei ihrem kranken Kind.

„Da!", flüsterte Fräulein Reichel plötzlich und deutete in die Schwärze vor uns. „Lichter! Rötliche

Flammen! Ich glaube, sie bewegen sich. Oder doch nicht?"

„Ich habe Ihnen doch gesagt, meine Liebe, dass Sie nicht zu flüstern brauchen!", rief Vater. „Wir haben es hier nicht mit scheuen Waldtieren zu tun, die von unseren Stimmen vertrieben werden könnten. Gehen Sie nur hin! Das könnte das Grab der Frau Plaha sein, der Schmalzhändlersgattin, die im Kindbett gestorben ist – sie ist erst vorgestern unter die Erde gekommen."

Fräulein Reichel streckte die Handflächen vor sich aus und stolperte ins Dunkel hinein. Ich sah nichts. Keine Lichter, keine rötlichen Flammen. Aber das war auch nicht zu erwarten, denn genauso wie Vater war ich nicht einmal niedrigsensitiv. Wir waren auf das angewiesen, was Fräulein Reichel uns erzählte. Sie sah wie eine Schlafwandlerin aus, was sie wohl auch war. Von ihrer schweren Krankheit war sie sehend und somnambul zurückgeblieben.

„Hier sind sie", sagte Fräulein Reichel. „Ich stehe jetzt direkt vor ihnen. Wunderschön. Sie bewegen sich tatsächlich. Sie sehen aus wie Tänzer. Oder Soldaten. Sie schwanken und schreiten, alles synchron."

„Nein nein, es sind keine Geister, sie bewegen sich nicht aus eigenem Antrieb. Es ist der Wind, der mit ihnen spielt", sagte Vater.

„Ich weiß, keine Geister ..." Ihre Stimme klang merkwürdig, als wäre sie in Trance. „Jetzt zerfließen sie zu einem Dunst und – oh, da drüben sind auch welche!"

Wir stolperten weiter. Die unsichtbaren Feuermassen emanierten aus den Gräbern, tanzten, krochen, exerzierten, zerwehten. Ich prägte mir alles ein, was Fräulein Reichel sagte. Um es mir besser merken zu können, stellte ich es mir bildlich vor. In einem gewissen Sinne sah daher auch ich den Feuerdunst, der manchmal flammenartig wurde, klein wie ein Kobold am Boden oder groß wie ein Mensch. Und genau wie Vater es verlangt hatte und wie es auch mir selbst am besten gefiel, verhielt ich mich wie ein Apparat: Ich notierte in Gedanken, ohne einen Standpunkt zu beziehen.

Von Grab zu Grab gingen wir und Vater, der sich die Anlage bei Tag gut eingeprägt hatte, wusste, wem jedes einzelne gehörte.

„Hier muss die Rosa Matschek liegen, die Vergoldertochter, die letzten Winter das Fieber hinweggerafft hat – sehen Sie hier etwas, Fräulein Reichel? Fast ein Jahr ist das Grab alt." „Hier ruhen Seine Exzellenz, der Freiherr von Treumuth – ja, da ist ein ganz hoher Stein mit Giebel, das muss es sein ..." Er stellte Fragen über Fragen: „Wie hoch sind die Flammen? Wie breit? Wie dicht? Wie viele? Das Licht hier – würden Sie es mehr als Nebel oder als Dunst beschreiben? Spüren Sie etwas? Kälte? Lauwärme? Hitze? Finden Sie Worte, meine Liebe, denken Sie nach!"

Plötzlich ertönte ein gellender, lang gezogener Schrei. Er war so laut in dieser stillen Nacht, dass ich dachte, unsere Leute, die beim Wagen warteten, müssten ihn gehört haben und sich sogleich auf die Suche nach uns machen. Fräulein Reichel war gestolpert und auf einen frischen Grabhügel gefallen. Sie wimmerte, als wäre sie in eine Jauchegrube gestürzt. Ließ sich von Vater aufhelfen und klopfte sich immer wieder ab.

„Ich bin mitten in die Geister hineingefallen! Es sind doch Geister, sie leben, sie reagieren auf mich – Herr Baron! Bitte lassen Sie uns nach Hause gehen. Es ist zu furchtbar!"

„Natürlich reagieren die Odlichter auf Sie", sagte Vater beruhigend. „Sie verursachen Luftströmungen mit Ihren Bewegungen, es ist ganz so, wie eine normale Kerzenflamme sich neigt, wenn Sie schnell mit der Hand darüber hinstreichen."

Schluchzend schüttelte Fräulein Reichel ihren Kopf und ihre Röcke, aus denen sie die vermeintlichen Geister wohl wie Flöhe zu beuteln hoffte.

„Sehen Sie hin!", rief Vater. „Genau an die Stelle, wo Sie hingefallen sind – was ist dort jetzt?"

„Die feurigen Wächter stehen da wie zuvor."

„Also! Feurige Wächter! Geister könnten sich doch wohl wegbewegen von ihren Gräbern, nicht wahr? Sie könnten herumfliegen, wandern, mit uns gehen? Aber dieses Licht steht immer nur über den Gräbern, weil es von ihnen verdunstet! Es ist das Ergebnis der Putrefaktion, hunderte Male habe ich Ihnen das erklärt ..."

„Aber hier am Friedhof ist es doch etwas anderes ..."

„Hier am Friedhof sind es kohlensaures Ammoniak, Phosphorwasserstoff und andere Verwesungsprodukte, die im Zuge eines chemischen Prozesses Odlicht entwickeln. Da hinten, was sehen Sie dort?"

„Nichts."

„Dort sind die ältesten Gräber. Alle mindestens zehn Jahre alt. Dort ist die Fäulnis schon beendet, der Gärungsprozess abgeschlossen, die Phosphoreszenz erloschen. Alles verdampft. Sehen Sie?"

„Ich will Ihnen ja glauben, Herr Baron, aber es fühlte sich doch so schrecklich an, in das Odlicht hineinzufallen! Als könnte es in mich eindringen und etwas Schlimmes anrichten."

Vom Friedhofstor her erklangen Rufe. Man hatte tatsächlich Fräulein Reichels Schrei beim Wagen gehört und die beiden Diener mit den Fackeln waren losgegangen, um nach dem Rechten zu sehen. Als sie uns erreicht und wir sie hinsichtlich unserer Unversehrtheit beruhigt hatten, nahm Vater einem von ihnen die Fackel aus der Hand. Er wollte nachprüfen, ob er mit der Bestimmung der Gräber Recht gehabt hatte. „Korrekt!", hörte man ihn jubeln. „Der Professor Seidenglanz – in der Tat!"

Ich legte einen Arm um Fräulein Reichel, sie zitterte. Ich gab ihr meinen Muff. „Es ist nur das Odlicht", sagte ich, „Sie haben es doch schon oft gesehen."

„Ja, aber an Kristallen und Magneten", erwiderte sie, „nicht auf Gräbern."

„Es ist dasselbe Licht. Nichts Besonderes. Eine natürliche Reaktion."

„Die Lebensfackeln der Menschen werden niedergetaucht, doch ehe sie ganz erlöschen, strömt aus ihrem materiellen Leib noch eine Weile die Geisterfackel heraus." So hatte es Vater vor unserer Abfahrt erklärt, und das war vielleicht doch zu blumig gewesen. Im fantastischen Rausch der Erkenntnis vergaß er manchmal darauf, dass ein Wort wie „Phosphorwasserstoff" dem Zuhörer mehr Sicherheit gab als eine „Geisterfackel", auch wenn es genau dasselbe beschrieb. So geschah es ihm, dass er das Natürliche vermeintlich in die Nähe des Übernatürlichen schob, obwohl ihm nichts ferner lag als das. Mit den Tischerückern und Astralleibbeschwörern und Séancenabhaltern der Gegenwart hatte er nichts gemein. Er war ein Mann des Fortschritts, nicht der Moden.

In jener Nacht war er glücklich. Die Exkursion war ein voller Erfolg – hohe Odlichtaktivität auf den frischen Gräbern, graduell weniger auf den älteren bis zu ihrem völligen Verschwinden auf den ganz alten. Wie er es vorhergesagt hatte. Wie es aus wissenschaftlicher Sicht zu erwarten gewesen war.

Im Schloss erwartete uns schon Fräulein Ida mit heißem Tee und Likör und bald gewann Fräulein Reichel ihr robustes Aussehen zurück. Mit zunehmender Beruhigung wuchs ihr Stolz darauf, an einer so bedeutenden Untersuchung mitgewirkt zu haben, und sie entschuldigte sich für ihren Anfall von Aberglauben. Ammenmärchen säßen tief, meinte sie.

Nachdem sie zu Bett gegangen war, setzte ich mich hin und schrieb alles auf: Länge, Breite, Farben, Intensität und Bewegungsmuster der Flammen, Lichtnebel und Feuermassen, die Namen der Toten, deren Körper vergoren, ihre Geburts- und Todesjahre.

Ich war Vaters Stütze in all seinen Unternehmungen. Im Alter von fünfundzwanzig Jahren war ich noch unverheiratet, die vielfältigen Verpflichtungen als seine Assistentin und meine eigenen Forschungen in der Pflanzenphysiologie hatten zu viel Zeit in Anspruch genommen, um auf den Debütantinnenbällen erfolgreich meine Netze auszuwerfen. Auch fehlte wohl die Mutter, die sich um solche Dinge kümmerte. Sie war gestorben, als ich gerade sechzehn Jahre alt gewesen war. Nein, da hatte ich kein Herz für galante Soiréen gehabt, die Trauer war zu groß gewesen und gemeinsam mit Vater hatte ich mich in die Arbeit gestürzt. Zumindest war es das, was alle Welt dachte, ich unterstützte diese Fantasie und bewahrte meine Geheimnisse.

Vater hat nie wieder geheiratet, ob aus Liebe zu Mutter oder zu seiner Arbeit, weiß ich nicht.

Auch meine Schwester Ottone, drei Jahre jünger als ich, war noch unverheiratet und lebte mit uns im Schloss. Nach dem Abendessen hatte sie für uns Klavier gespielt und Fräulein Reichels gar nicht üblen Gesang begleitet. Als die Uhren elf schlugen, war sie zu Bett gegangen, es war ihre übliche Zeit. Zur Teilnahme an Vaters Experimenten war sie ohnehin gänzlich ungeeignet. Sie hasste und fürchtete die Dunkelheit und schlief mit mehr als nur einem Nachtlicht im Zimmer. Das Odlicht aber war selbst für die Höchstsensitiven nur bei absoluter Dunkelheit zu sehen. Ursprünglich hatte Vater vermutet, Ottones Abneigung gegen das Finstere wäre darin begründet, dass sie sensitiv wäre, dass sie aus Angst vor der verschiedentlich ausströmenden Odlohe die Dunkelheit mied. Doch sie bestritt das. Würde sie Odlicht sehen, sagte sie, hätte sie keinen Bedarf an Wachskerzen- und Öllampenlicht.

Nur unser Bruder Reinhold Limoleon, sieben Jahre älter als ich und zehn Jahre älter als Ottone, hatte geheiratet. Von Jugend an war er in Vaters Fußstapfen getreten, hatte in Berlin Chemie studiert und in den Eisenwerken in Blansko, als diese noch unter Vaters Leitung standen, als Hüttenchemiker gearbeitet. 1839 hatte er Antonia Isabella von Hauer, die Tochter des Hofvizekammerpräsidenten Ritter von Hauer, geheiratet. Es war ein großes Jahr, das Jahr vor der Vertreibung aus Blansko: Vater war vom König von Württemberg in den Freiherrenstand erhoben worden und auf der Pariser Weltausstellung hatte man die von ihm entwickelten Paraffinkerzen zum ersten Mal der breiten Öffentlichkeit vorgestellt. Mittlerweile lebte Reinhold mit seiner Gattin in Chur, wo er sich geologischen und ökonomischen Studien zugewandt hatte. Auch nach fünf Jahren war die Ehe noch kinderlos.

„Od" war eines der Wörter, die Vater erfunden hatte. Er hoffte, dass es weltberühmt und für alle Ewigkeit in Gebrauch sein würde, so wie das Paraffin, das ebenfalls von ihm entdeckt und benannt worden war. Der altgermanische Gott Odin hatte Pate gestanden, so wie auch die „Lohe", also jene feurige Emanation, die das Od bisweilen aussandte, von der Waberlohe kam, aber weniger, weil Vater die Nibelungen so sehr liebte, als weil ihm alles Heidnische recht war, um die Pfaffen zu irritieren. Der Name „Odin", erklärte er, leite sich ab von „Wodan" und dies bedeute „das Alldurchdringende", bezeichne somit in der Personifikation eine alldurchdringende Gottheit. „Wodan" wiederum sei zurückzuverfolgen zu dem Sanskrit-Wort „Va" für wehen, aushauchen, ausdünsten. So fand er über die Zeiten hinweg das Wort für die Quelle, die alles durchströmte. Denn das Od, so Vater, war nichts weniger als die Lebenskraft, die die materielle Welt durchdrang. Es war wie der Magnetismus polar, verbunden mit Links und Rechts, Bläue und Röte, Nordpol und Südpol, angenehmer Kühle und Lauwidrigkeit (auch eine von Vaters Wortschöpfungen), verwandt mit Wärme und Elektrizität, ein Dynamid wie diese und doch ganz eigen und unmessbar.

Wenn Körper verwesten, strömte das Od aus wie der Gestank, doch anders als die göttlich gedachte Seele hatte es keine Individualität und fuhr weder auf zu den Gerechten noch hinab zu den Sündern, sondern schloss sich wieder der allgemeinen Materie an, wie andere Stoffe auch. Das Berückende an Vaters

These war: Er hatte eine vollkommen einleuchtende Erklärung für alle Geistergeschichten gefunden. Und nicht allein für die, die auf Friedhöfen spielten, denn das Odlicht war für die Sensitiven an vielen Dingen zu sehen.

Die Wiederholbarkeit des Experiments war Vater wichtig, und so gingen wir in den folgenden Wochen mit anderen Sensitiven zu anderen Friedhöfen. Er bereitete sie nun besser vor, verwendete von Anfang an Begriffe wie kohlensaures Ammoniak, Phosphoreszenz, Putrefaktion, Efferveszenz. Die Sensitiven fürchteten sich daher auch nicht vor den Erscheinungen, traten absichtlich in sie hinein und zerwehten sie mit der Hand. Die Ergebnisse der Untersuchung vom 9./10. November wurden bestätigt und präzisiert. Einmal gingen wir gar mit vier Sensitiven gleichzeitig los, sie waren sich in allen Beobachtungen einig, was für die Akkuratesse derselben sprach. Vater war überzeugt davon, mit jeglicher Spukgeschichte ein für alle Mal aufräumen zu können, sobald er die Ergebnisse veröffentlichte. Er konnte sie auf sicheren Boden stellen, ohne die Erfahrungen jener sprichwörtlichen Einzelpersonen („Ammen" und „alte Weiber"), die Geister aus Gräbern schweben gesehen hatten, zu diskreditieren.

Doch wurden diese nächtlichen Friedhofsbesuche vollkommen missverstanden. Das Gemunkel und Geraune rund um Vater schwoll an, er, der einst hochgeachtete Freiherr Carl Ludwig von Reichenbach sank im Volksglauben selbst auf die Stufe der Spukseher hinab. Und auch mir juckte ein Floh im Ohr, den ein junger Mann beiläufig hineingesetzt hatte. Carl Schuh, ein aus München stammender Physiker, der sich mit Daguerreotypie befasste und gelegentlich bei uns zu Gast war, hatte einmal zu mir gesagt: „Was, wenn Ihr Herr Vater nur den einen Aberglauben durch einen anderen ersetzt?"

Baba Jaga, die. Substantiv, Eigenname: Alte Hexe mit Eisenzähnen, die in einer auf Hühnerbeinen stehenden Hütte lebt.

Wenn sie verschwinden, bleiben sie in uns, und wenn sie bleiben, verändern sie sich: die geheimnisvollen Orte der Kindheit, die uns hinübergeleiten durch den Strom und Strudel des Aufwachsens, an die wir später nur mehr ganz selten denken und die uns doch verbunden haben mit der Welt. Orte, die wir mehr eingeatmet haben als gesehen, da an ihnen eine Luft wirkte, die Geborgenheit gab und das Gefühl, sie seien von wohlwollenden, heiteren Mächten beherrscht. Für manche ist es die Kinderstube mit ihren sonnenbeschienenen Dielen, oder das veilchenduftende Boudoir der Mama, oder die Küche, in der man sitzen und alles beobachten durfte und wo man von der Köchin heiße Schokolade bekam. Am häufigsten jedoch liegen diese Orte in der Natur.

Für meine kleine Schwester Ottone und mich war es eine wilde Wiese mit Pilzen, auf der heute eine Fabrikshalle steht.

In der Natur handelt es sich bei den guten Mächten hauptsächlich um Feen, für sehr religiös erzogene Kinder um Engel. Im Dunklen beginnen die Pilze zu leuchten, die Gesichter, die in den Baumknollen schlafen, wachen auf. Aus der Stille schält sich Gekicher, ein leiser Gesang. Das Allerkleinste wird groß, das Große winzig, das menschliche Maß ein Sonderfall.

Manchmal war auch unser Bruder Reinhold dabei und versuchte, uns mit Koboldgeschichten zu erschrecken, aber er war so viel älter als wir, er stand schon über den Dingen und ließ sich nicht auf sie ein.

Die Kavaliere der Feen sind versunkene Ritter, die Engel hingegen sind geschlechtslos und spielen mit Tieren. Die Libelle schrumpft und erklärt sich bereit, auf der Zwergenhochzeit einer Dame als Schmuck auf dem Hut zu dienen, doch schon vor der Agape wird es ihr langweilig, sie fliegt weiter und wird wieder größer dabei.

Für mich waren das Wichtigste die Ärmchen und Knötchen der Wiesenkräuter, für Ottone war es die Musik. Vielleicht war es ja sie selbst, die summte, vielleicht waren es wir beide, zweistimmig. Der alte Musikmeister Sykora hatte uns auf Harmonien getrimmt. Wir glitten auf den Tönen hin und her wie auf Eis, suchten, suchten, und plötzlich kamen wir in die richtige Spur, alles fiel ins Lot, es war, als würde Lavendelgefrorenes auf der Zunge zergehen.

Ich wusste, dass Ottone schwindelte. Dass sie ihre Stimme absichtlich zu einem Nachbarton hinüberschlittern ließ, um sie dann erst wieder genüsslich im Abstand von einer Terz oder Quint zu meiner zu festigen. Ihr absolutes Gehör war damals noch nicht entdeckt worden, man hielt sie, wie alle Kinder, für dumm. Wir waren nicht wie gewöhnliche Schwestern, sondern wie Zwillinge, verbunden in einem gemeinsamen Gedankenstrom, auch wenn wir uns später fremd wurden. Ottone wurde eine bewunderte Pianistin, irgendwann sah sie älter aus, als sie war, und älter als ich. Eine für Uneingeweihte kaum sichtbare Narbe auf ihrer Wange erinnerte mich stets daran, wie wir uns voneinander gelöst hatten.

Dass Menschen, die Musik lieben, bei allem Freiheitsdurst oft einen Hang zum Ordentlichen haben, liegt vielleicht auch an der Strenge der Strukturen, die den rauschhaften Melodien zugrunde liegen. Die schwarzen Locken der erwachsenen Ottone waren mit der Brennschere gekräuselt, ihre matronenhaften Kleider mit dem heißen Eisen geplättet, es war, als wäre sie durch die ständige Anwendung von Hitze zu etwas sehr Kaltem gefroren. Wie ein Gemälde saß sie da, die Ärmel würdig gebauscht, die Falten des Kleides malerisch geordnet, die Gesten, das Lächeln, das

Neigen des Kopfes wohlabgemessen, ihre Form mit jeder Bewegung dem Auge gefällig wie die einer Katze. Wenn sie ging, tanzte, ritt, sprach, aß oder las, war sie die perfekte Dame, nur wenn sie am Klavier saß, geriet sie aus der Fassung, wurde eine andere, ein wildes, in seinen Plänen unbeirrbares Geschöpf. Im Spielen kam eine tiefe Leidenschaft aus ihr, eine Kenntnis der Ekstase. Diese musste wohl gebändigt werden in der Monotonie der Fingerübungen und der Rigidität des Tagesablaufs. Wer atemlose Spannung erzeugen kann, indem er einen winzigen Sekundenbruchteil zögert, bevor er den erwarteten Ton anschlägt, muss mit den Zeiteinteilungen vertraut sein wie ein Uhrwerk. Doch welcher wilde Geist tatsächlich in Ottone schlief wie eine Blumenzwiebel im gekämmten Beet, sollte uns alle noch zum Staunen bringen.

Der Grund, weshalb wir an jenem einsamen Ort spielen konnten, war der, dass unsere Kinderfrau Agathe dort einen geheimnisvollen Herrn traf, über den wir nichts wussten und der bis auf Grußworte auch kaum mit uns sprach. Sie ließ anspannen, denn: „Die Kinder müssen an die frische Luft!" Durch das Städtchen Blansko hindurch fuhren wir hinunter zum Fluss Zwittawa. Eigentlich war auch der Fluss nur ein Flüsschen, wild, aber nicht reißend, kräftig, aber ungefährlich, überhangen von Blüten im Frühjahr und von Beeren im Herbst. Flussaufwärts ragten Kalkfelsen auf, die mein Kinderauge zu einer alten Burg ergänzte. An den vermeintlichen Ruinen glaubte ich die einstige Form exakt zu erkennen. Über eine rohe Holzbrücke, über die auch die Ziegen zum Grasen getrieben wurden, erreichten wir unsere Wiese.

Unter einer großen Eiche breitete Agathe die Picknickdecke aus und gab uns Kuchen, frische oder kandierte Früchte, Limonade oder süße Milch.

„Geht, Kinder", sagte sie dann, „pflückt Blumen, fangt Schmetterlinge, erkundet die Natur!" Und wir liefen davon. Wenn wir zwischendurch zur Decke zurückkamen, um uns zu stärken, lagerten Agathe und der Herr darauf, unterhielten sich mit viel Gelächter und tranken Wein. Immer spielten ihre Hände mit etwas, die Agathes mit den Bändern ihrer Schute, einer Locke, einem Ring oder Kirschenzwillingen, die des Herrn mit einem Grashalm, seinem Halstuch oder dem geschnitzten Elfenbeinknauf seines Spazierstockes, der den Kopf eines Ebers darstellte. Manchmal näherten sich seine Hände beiläufig denen Agathes, doch immer zog sie die ihren kurz vor einer Berührung zurück. Zumindest, wenn wir Kinder anwesend waren. Auf der Heimfahrt sagte sie manchmal, dass vielleicht bald eine Hochzeit ins Haus stünde.

„Oh, und dann werde ich euch verlassen müssen, ihr lieben Kinder!", rief sie, drückte uns an sich und weinte schon fast. Es kam aber nie zu einer Hochzeit, weder mit diesem Herrn noch mit einem anderen, wir wurden erwachsen, Agathe ging zu einer anderen Herrschaft und blieb Kinderfrau.

Vater selbst hatte unseren Feenkreis roden lassen, um die neue Gießerei der Eisenwerke Blansko mit einem Kupolofen darauf zu erbauen, es war die Zeit des beständigen Fortschritts, seine glücklichste Zeit, als seine Erfindungen den Eisenguss revolutionierten und schon bald das ganze Reich Säulen, Geländer und Statuen aus Blansko bezog. Die Zwittawa, an deren Ufer sich unser Spielplatz befand, brauchte man zum Flößen, für Antrieb, Kühlung und Dampf, sodass an ihrer ganzen Länge bis tief in die Karstschluchten hinein eine Kette von Werken stand und entstand.

Vater wusste nichts davon, dass wir weinten, als Männer mit Spitzhacken den Grund aufwühlten und mit Äxten die knorrigen Zerreichen fällten und mit Fuhrwerken breite, kahle Linien in die Blumenwiese hineinfuhren. Als schließlich alles staubiges Geröll war, eine plane Halde, auf die die Sonne herabbrannte. Als sie das Fundament errichteten und Ziegel um Ziegel aufzuschlichten begannen, dabei den herausquellenden Mörtel mit der Kelle in ewiggleicher Geste verstreichend. Das Handgelenk des stärksten Mannes bewegte sich dabei elegant wie das eines Juweliers. Es war August und die Arbeiter wischten sich mit schmutzigen Taschentüchern den Schweiß von den Gesichtern. Sie nahmen ihre Kappen ab, rieben sich über die Köpfe, setzten die Kappen wieder auf.

Die Pfeife nahmen sie dabei nicht aus dem Mund. Immerzu sogen die Arbeiter an ihren Pfeifen, selbst wenn sie direkt neben den Öfen und dem flüssigen Eisen standen. Egal, wie heiß es rundherum war, sie sogen an ihrer kleinen Glut. Aus ihr kam Zauberrauch, ein Lebenselixier, das die nötigen Kräfte spendete, so musste es sein. Auch Frauen und Kinder arbeiteten in den Fabriken, sie hatten kein Lebenselixier.

Während die Mauern wuchsen und ein hoher Schlot aufschoss, wurden die Köpfe und Arme der Arbeiter erst rot und dann braun. Manchmal durften wir ihnen eine Erfrischung bringen, mit eiskaltem Quellwasser verdünnten Wein. Obwohl der Herr mit dem Eberstock nicht mehr dort wartete, war Agathe bereit, mit uns diese Ausfahrt zu machen. Es gab nun eine breitere, festere Brücke über den Fluss. Gemeinsam trugen Ottone und ich den Korb mit dem Krug und den irdenen Bechern, er war schwer und kein Tropfen durfte verschüttet werden. Nun nahmen die Männer die Pfeifen aus dem Mund. Während sie das Getränk hinunterstürzten, versuchte ich zu erfühlen, wo die Feen und versunkenen Ritter, die Grillenorchester und leuchtenden Pilze, die Schnepfennester und Zwergendörfer, die Druden und Kobolde, die wandernden Büsche, moosgesichtigen Felsen, Schneckenkutschen und Heckenrosenlabyrinthe sich nun befanden. Ich war mir sicher, dass sie in den Boden versunken waren, tief, tief hinunter, wo sie in kühlen, glitzernden Höhlen weiter existierten und dabei die Sonne vermissten, die Sterne und den Mond. Später konnte ich diese geheimnisvolle Welt, die damals durch die Notwendigkeiten des Fortschritts aus der Gegenwart gedrängt wurde, oft jahrelang vergessen, aber ich bin mir sicher, im Moment meines Todes werde ich sie aufleuchten sehen.

So wie Ottone und ich weggingen von den Feen und Wundern, die absanken in das Reich der unterirdischen Grotten, so ging, denke ich manchmal, Vater in die andere Richtung, von der Wissenschaft zur Zauberei, indem er viele Jahre später auf Schloss Cobenzl zwei Klafter unter der Erde seine Dunkelkammer einrichtete, damit Verwirrte und Kranke dort Lichterscheinungen sahen. Und obwohl der Mensch stets wissenschaftlich gestimmt ist, auch wenn er Zauberei betreibt, zwischen Elfen und Wichteln, Mittagsfrauen und Wassermännern, Banshees und Baba Jagas streng unterscheidet und sie je nach Lebensweise und Physiognomie in eine Systematik zu pressen weiß, fiel der Unterschied vor allem jenen auf, denen es bedeutsam erschien, dass sie selbst noch nie eine Baba Jaga gesehen hatten, woraufhin Vater erklärte: „Aber den Schall oder den Magnetismus habt ihr auch noch nie gesehen, und doch wisst ihr, dass sie existieren. Die Welt ist durchwoben und durchweht von unsichtbaren Kräften, man wird Apparaturen herstellen, um sie alle zu messen."

Vater wusste, dass zum Zaubern Wörter gehörten, Sprüche, fantastische Terminologien. Mit Wörtern konnte man sich in die Ewigkeit einschreiben, egal, ob man sie selbst erfunden hatte oder ob sie aus dem eigenen Namen gebildet wurden, niemand würde je vergessen, was Paraffin war oder Daguerreotypie. Um die Menschen von etwas zu überzeugen, musste man ihnen eine sprachliche Landschaft geben, das galt für die Wissenschaft wie für die Religion. Wo die Schilder aufgestellt waren, die etwas bezeichneten, sah man auch schon die Dinge dazu. Aus dem unbestimmten Nichts schälten sie sich heraus und waren plötzlich da, man konnte vom einen zum anderen gehen, so wie im Botanischen Garten Namenskärtchen die Pflanzen voneinander unterschieden und Wegweiser von einer Gruppe zur anderen führten. Das eben war der Unterschied zur Wildnis und zum großen unerforschten Chaos – in das aber schon jedes Tier seine Wechsel, Nester und Duftmarken platzierte. Paraffin, Kreosot, Pitakall, Picamar, Eupion, Kamacit, Taenit, Plessit und Od waren Vaters Schöpfungen. Doch war er viel mehr als ein gewöhnlicher Wörterschmied, im Grunde war er ein Dichter. Wer seine Abhandlungen las, wurde nicht vom nüchternen Geist der Wissenschaft in regulierte Kanäle gelenkt, sondern begann zu schwärmen, zu genießen, zu fantasieren. Die Poesie leuchtete aus seinen Schriften wie das Od aus einem Kristall. Nicht nur das Schreiben, auch das Lesen zog Vater nach der Übersiedlung von Mähren nach Wien immer öfter dem persönlichen Gespräch vor. Lesen, sagte er, sei die Konversation mit jemandem, der die Wirrnis seiner Gedankenwelt in eine zumindest einigermaßen verdauliche Struktur gebracht habe.

Kerf, der. Substantiv, maskulin:
Gliedertier mit sechs Beinen, Kerbtier, Insekt.

Vater, Mutter und Reinhold waren in Stuttgart geboren, ich im badischen Hausach, wo Vater seine allerersten Holzverkohlungsöfen errichtet hatte, Ottone kam auf Schloss Blansko zur Welt. Das Schloss hatte uns der Fürst und Altgraf Hugo Franz zu Salm-Reifferscheidt-Krautheim zur Verfügung gestellt, nachdem er Vater zum Generalbevollmächtigten seiner Hüttenwerke berufen hatte. Im September 1821 trafen wir in Blansko ein, im Oktober des folgenden Jahres wurde Ottone geboren. Natürlich habe ich keine Erinnerung an die Übersiedlung oder an mein Leben davor, für mich begann alles in Mähren. Die Landschaft, in der Blansko liegt, wird die Mährische Schweiz genannt, wohl weil sie malerisch und voller Wasserfälle, Fels-zacken und Burgruinen ist, wenngleich die Höhe der Berge sich mit jener der Alpen nicht messen kann.

Wilder und gebirgiger als das bukolisch ondulierte Kahlengebirge ist sie jedoch allemal. Es gibt Schlucklöcher, in denen die Bäche verschwinden, um unterirdisch weiterzufließen und an unerwarteter Stelle wieder an die Oberfläche zu kommen, tief eingestürzte Dolinen und löchrig verwitterte Gesteine, Bärlappe, Riesenbrennnesseln und Bäume, die mit Schlangenwurzeln über den Abgründen balancieren.

Vater liebte die Höhlen der Mährischen Schweiz, sie boten ideales Terrain für seinen Wunsch, die materielle Welt zu erforschen, genauso wie ihn Meteoriten faszinierten, die für ihn Gäste des Weltalls waren. Tief in die Erde hineingehen, die Gefahr bannen, das Licht in die Finsternis bringen, die Steine und Metalle des Alls mit jenen der Tiefe vergleichen, das erfüllte ihn mit Leidenschaft. Alles war neu! Oder doch nicht alles, denn in manchen Höhlen waren schon andere gewesen, nackt und leer standen die Kalkdome, ihr schimmerndes Weiß war vom Ruß vieler Fackeln geschwärzt, und in alten Aufzeichnungen fand man Berichte, in denen stand, dass man ihnen vor hundert Jahren schon die herrlichen Tropfsteingebilde geraubt hatte, um damit die künstliche Grotte eines Grafen in einiger Entfernung auszustatten. Und sosehr Vater selbst sammelte, ausgrub und abschlug, und sosehr die Bibliothek, das Labor und jeder Raum jedes unserer Schlösser ein Museum und eine Wunderkammer war, sosehr ärgerte es ihn, wenn ihm jemand zuvorgekommen war. An der von anderen verschuldeten

Zerstörung konnte er die eigene nachvollziehen, die ihm besser erschien, denn durch ihn würden die Dinge immerhin gerettet, meinte er, und wissenschaftlich konserviert. Auch sah er keinen anderen Weg, um sich Klarheit über die Sedimentschichten zu schaffen, als sie aufzuwühlen, und um die darunterliegenden Gesteine zu erforschen, setzte er sogar Pulver ein. Schade, aber wie hätte man sonst je erfahren, dass ganz tief unten Grauwackengeschiebe ist?

Das Glück eines Menschen, der an einem Ort steht, an dem noch nie zuvor ein Mensch gestanden hat – wo gibt es das? Auf fernen Inseln, im Inneren eines Vulkans, am tiefen Meeresgrund, auf höchsten Berggipfeln. Wie verdorben und entweiht ist eine Höhle, in der der Mensch schon seit Jahrzehnten geklopft, gerußt, gegraben und Abfall hinterlassen hat, im Vergleich zu einer, wo man in das Geheimnis der unberührten Erde tritt. Und dennoch klopft, rußt und gräbt man dann selber und verdirbt das Erlebnis dem Nächsten, der darüber verbittert, und dem Übernächsten, der schon ein Tourist ist. Wie grauenhaft müsste es sein, nach monatelangen Entbehrungen am Südpol anzukommen und die Flagge eines anderen vorzufinden! Es ist ein Wettlauf um die Erstbegehung, Erstbesteigung, Erstentdeckung mit allen anderen Menschen, oder zumindest mit jenen der zivilisierten Welt, denn es soll ja schon vieles von den Wilden anderer Länder erforscht worden sein, was in unserer Wissenschaft jedoch nichts gilt.

Auch Otaheiti, die Insel, auf der Vater als junger Mann mit Freunden eine Kolonie samt Indigoplantage zu gründen gehofft hatte, um dort in Freiheit zu leben, war nicht unbewohnt und hatte sogar einen König, der schließlich durch andere freiheitssuchende Europäer seine Freiheit verlor.

Auch viele der mährischen Höhlen waren schon unzählige Male entdeckt worden, im Nebel der Vorzeit waren bereits Menschen in sie eingedrungen, die uns ihre Knochen hinterließen oder ihren Schmuck. Die Allerersten sind wir wohl nur an den geheimsten, tiefsten, unzugänglichsten Stätten, wo nicht einmal mehr Fledermäuse hinkommen und nur augenlose Kerfe sich durch das Dunkel tasten, wo der Lichtschein der Lampe, den wir über die Wände gleiten lassen, dem Auge Gottes gleicht, das am Morgen des siebten Tages über die nie zuvor gesehene Schöpfung streift. Das Ergriffensein von solchen Momenten wäre wohl dem anlässlich eines Mondbesuches zu vergleichen, wenn ein solcher je möglich wäre, und dabei fragt man sich, ob man ergriffen ist von der Welt, die einem so menschenlos entgegenatmet und die man nun bemenscht, oder von sich selbst, weil man in ein Geheimnis eingetreten ist, bevor es ein anderer entzaubert und normalisiert. Jeder Bergmann kennt das Gefühl – zumindest sollte man denken, dass er es kennt –, wenn er als Erster an der Spitze eines Trupps mit dem Krampen einen Stollen ausschlägt und Zentimeter für Zentimeter neuen Boden betritt. Aber vielleicht fühlt der Bergmann etwas ganz anderes, Kälte und Nässe und Hunger und Angst. Vielleicht hat er Muskelschmerzen, brennende Augen, ein Stechen in der Lunge, vielleicht schnüffelt er wachsam umher, ob sich nicht giftige Dämpfe ausbreiten. Manchmal ist die Naturehrfurcht ein Luxusgut, manchmal aber auch ein Geschenk, das noch dem Elendsten zuteilwird.

Die Felsformationen und ihre Öffnungen hatten vielsagende, oft beängstigende Namen, es gab die Ritter-, Räuber- und Wolfsgrotte, die Teufelsbrücke, die Schindergrube, die Toten-, Schweins- und Kuhhöhle. Die unterirdischen Landkarten enthielten die Licht-, Orchester- und Knochenstrecke, die muschelartige Höhle, die Spathkrystall- und die Umbrahöhle. Manchmal war es einfach. In der Kuhhöhle wurden wohl Kühe untergestellt. Umbra war die Farbe von Fledermausguano, der mit seinem satten, dunklen Braun wie Erde aussah, die von den Flügeldecken von Insekten durchsetzt war. Doch was war in der Stiefmutterschlucht geschehen? Was in der Nichtsgrotte? Oder war es vielleicht doch eine Nixengrotte? Sofort dachte man sich Geschichten aus, hatte Bilder vor Augen, der ganze Mährische Karst war ein Roman, und die unzähligen Knochen, die man fand, von Menschen und von gewaltigen Tieren, taten ihr Übriges dazu. Viele Geschichten waren wahr, viele Legenden und Sagen, wer konnte hier den Unterscheidungsstrich ziehen? War die Feuerstelle, die man sah, zweitausend Jahre alt oder von gestern? War sie von Menschen errichtet worden oder von Gnomen?

Endlich traf man auf die Katharinenhöhle, die Hoffnung gab – Katharina war bestimmt eine Heilige gewesen, oder eine Fee, oder eine großzügige Fürstin, die hier Wunder gewirkt und Gutes getan hatte. Doch die Bewohner der Umgegend erzählten eine andere Geschichte. Katharina war eine Müllerstochter gewesen – es musste wohl eine Müllerstochter sein, wegen der vielen Mühlen, die es hier gab –, die sich einst nur mit einer kleinen Kerze in die Höhle hineingewagt hatte, angetrieben von der Neugier, vom Wunsch auch nach Schätzen – denn wer wusste es schon, vielleicht hatten Räuber hier Münzen und Goldschmuck versteckt?

So kletterte sie voran, durch enge Schlurfe, von denen das Wasser tropfte, über gewaltige Felstrümmer hinweg, in große Hallen, wo sie sich in einem Labyrinth von Stalaktiten und Stalagmiten die Haut abschürfte. Anfangs flogen noch Fledermäuse auf, die von dem unerwarteten Lichtlein durcheinandergebracht wurden, dann gab es auch die nicht mehr. Vorhänge aus Kalksinter, die wie Engelsflügel aussahen, senkten sich von der Decke. Wenn Katharina sie berührte, waren sie hart wie die Flügel von Statuen und eisig kalt. Aus den Spalten der Wände quollen alabasterbleiche Sinterkaskaden wie gefrorene Wasserfälle. Hinauf und hinunter ging es, klettern und abrutschen musste sie, immer wieder hörte sie einen

Bach rauschen, mal neben, mal unter, mal hinter sich. In unbewegten Teichen spiegelten sich das Kerzenlicht und Katharina und von Sintersäulen gesäumte Galerien, doch nirgendwo blitzte Gold auf, oder Perlmutt, oder ein blanker Rubin.

Da war die Kerze schon über die Hälfte heruntergebrannt und Katharina wusste, dass sie goldlos umkehren musste, und nahm sich gleich vor, das nächste Mal mit mehreren Kerzen zu kommen. Wie sie es von der Außenwelt gewohnt war, versuchte sie, den Weg, den sie gekommen war, einfach zurückzugehen, doch schnell stellte sich heraus, dass sich alles verschoben zu haben schien, dass die Öffnungen und Pfade nicht mehr dieselben waren, dass sie irgendwo eine Abzweigung falsch eingeschlagen hatte und in neue trümmergefüllte Grotten geriet. Sie stolperte. Sie stürzte. Sie verlor einen Schuh. Etwas schnitt sie über die Stirn, sie griff hin, führte die Finger zum Mund und schmeckte Blut. Vielleicht war es ein Engelsflügel gewesen.

Als die Kerze nur mehr ein winziger Stumpen war, holte Katharina aus ihrer Schürzentasche das Büchlein mit Heiligenbildern, das sie von ihrer Mutter bekommen hatte, damit es ihr Glück bringen möge. „Bringt mir Glück", flüsterte sie und riss die Muttergottes, die Heilige Agnes, den Heiligen Franz von Assisi, den Heiligen Christophorus und alle anderen heraus. Sie rollte die Bildchen zusammen und zündete sie an. Jedes half ihr ein paar Schritte weiter. Dann wurde es endgültig finsterste Nacht.

Man fand sie gute drei Wochen später. Natürlich hatte man sie vermisst und überall nach ihr gesucht. Ihrem jüngeren Bruder war schließlich eingefallen, dass sie immer von Schätzen in jener Höhle gesprochen hatte, die damals noch Bärenhöhle hieß, und so hatte man dort nach ihr zu suchen begonnen. Man fand ein grob umhäkeltes Taschentuch, das die Angehörigen als das Katharinens erkannten, man fand Rutschspuren im Schlamm, die sich wieder verliefen. Die unterirdischen Gänge waren weit verzweigt und die Helfer mussten sich mit um die Hüften geschlungenen Seilen voranarbeiten, um sich nicht selbst zu verirren. Die Hoffnung lebte wieder auf, als man Katharinens Schuh fand, doch erst zwei Tage später entdeckte man sie selbst. Auf dem eisigen Grund saß sie und lehnte mit dem Rücken an einem Felsen, sodass man erst dachte, sie sei noch am Leben, doch im Näherkommen sah man, dass ihre weit geöffneten Augen von keinem Lidschlag mehr geschützt wurden. Sie war über und über bedeckt von Verwundungen, die sie sich beim Stolpern durch die steinige Dunkelheit zugezogen hatte, und sie war vollkommen abgemagert, sodass man davon ausging, dass sie verhungert war. Die Leiche war so frisch, dass man das Mädchen einen Tag früher vielleicht noch retten hätte können.

Das war die Geschichte der Katharinenhöhle, und jeder sagte, sie sei eine Legende, und jeder wusste, sie war wahr.

Auf seine Höhlenexpeditionen nahm mich Vater nie mit. Er hatte es Mutter versprechen müssen, die Sorge hatte, dass es eines Tages eine Herminenhöhle geben könnte, und auch nach ihrem Tod hielt er sich daran. Seine Forschungen betrieb er mit einer Handvoll Freunden aus der Umgebung, deren maßgeblichster der Fürst und Altgraf von Salm-Reifferscheidt-Krautheim selbst war. Die Herren brachten Knochen, Schädel und Zähne der merkwürdigsten Tiere zurück, man bestimmte die Überreste als jene von Höhlenbären, Höhlenhyänen, Höhlenlöwen, Höhlenwölfen und Höhlenvielfraßen, die alle ihre Wohnungen in den namengebenden Höhlen gehabt hatten und bei hereinbrechender Flut wohl auch öfters dort ertrunken waren. Dazu kamen die abgenagten, zerbrochenen Knochenreste ihrer Beutetiere: Mammut, wolliges Nashorn, Urstier, urtümliche Vorfahren von Rentier, Elen, Reh und Pferd. Die schönsten Exemplare wurden im Schloss Blansko ausgestellt, es gab sogar einen prächtigen, vollständig bezahnten Höhlenbärschädel auf dem Kaminsims im Wintersalon. Er war einen halben Meter lang und wurde von allen Besuchern bestaunt.

In späteren Jahren wurden manche der Höhlen von geschäftstüchtigen Männern geplündert, und die Knochen der Urtiere landeten in Fabriken, die sie zu Beinasche verschwelten. Die Beinasche verwendete man für feinstes Porzellan, das durch ihre Beimengung besonders weiß und durchscheinend wird, sodass in manchem mährischen Heim nun ein Teeservice aus Höhlenbärresten steht.

Doch mindestens ebenso sehr waren Vater und seine Speläologenfreunde an der Vermessung der unterirdischen Systeme interessiert. Karten wurden gezeichnet und immer wieder neu adaptiert, dreidimensionale Modelle wurden angefertigt, die man in Schichten auseinandernehmen konnte. So sah man in das Berginnere hinein, als hätte es jemand wie einen löchrigen Kuchen zerteilt.

Zur Erforschung der Flussläufe ersann man ein besonderes Experiment. Einer Braut war einmal der Schleier vom Wind vertragen und in einen Bach geweht worden, wo er trotz aller Rettungsversuche von der Strömung davongetragen wurde. Man fand ihn schließlich Tage später drei Berge und drei Schluchten weiter im Ufergebüsch eines anderen Baches hängen, wodurch man nun wusste, dass jener die Fortsetzung des ersten war. Durch diesen Vorfall inspiriert warfen Vater und seine Freunde helle Rundholzstücke, die gut zu sehen waren, in verschiedene Bäche hinein und überprüften dann, wo sie schließlich angetrieben wurden. Einmal war man in einer unterirdischen Halle auf einen regelrechten Rundholzdamm gestoßen, der sich an der Wand aufgeschichtet hatte und den Weiterfluss des Wassers zu behindern drohte, sodass man ihn schnell wieder wegräumte. Wenn die Zugänge sich verstopften, konnte es auf der einen Seite zu Fluten, auf der anderen Seite im nächsten Dorf zu Wassernot führen.

Natürlich kannte ich viele der leichter zugänglichen Höhlen. In einer wurden sogar zu besonderen Anlässen Konzerte mit Diners gegeben. Die Akustik war hallend und kathedralenhaft, von stetem Tropfen und Gluckern untermalt. Für das anschließende Mahl wurde eine große Tafel errichtet und mit unzähligen Silberkandelabern geschmückt. Vor der Höhle zündete man riesige Feuer an, über denen sich Bratspieße drehten und brodelnde Kupfertöpfe hingen. Für uns Kinder war es ein faszinierender Anblick, Damen in Abendtoilette und Herren im Frack in der tiefsten Waldwildnis in einer Höhle speisen zu sehen, wo uns von livrierten Dienern aufgetragen wurde. Eine andere Höhle hatte zwei Ausgänge, die so hoch waren, dass Kaiser Franz im Jahre 1804 mit dem Wagen hindurchgefahren sein soll.

Die wirklich wilden Höhlen jedoch habe ich nie gesehen. Wie später Vater auf die Erzählungen der Sensitiven, war ich auf seine Erzählungen angewiesen. Und wie er das Odlicht, sah auch ich die Tropfsteinwunder deutlich vor mir: Sie konnten durchsichtig sein wie Glas, milchig wie Quarz oder schneeweiß wie meterdickes Eis. Manche waren von glitzernden Kristallen bedeckt, andere bildeten kugelige Ansammlungen, die wie Weintrauben aussahen. Es gab rötliche Zeichnungen in den blendend weißen Zapfen, Falten, Kaskaden und Säulen, die vom Eisenoxyd kamen. Es gab Gebilde, die „Teufelskonfekt" hießen und so köstlich aussahen, dass man in sie hineinbeißen wollte wie in ein Baiser, und kreisrunde

Tropfbrunnen mit durchsichtigen Rändern, an denen Höhlenschnecken hinaufkrochen, um zu trinken. All das konnte man nur im Feuerschein sehen, niemals im Sonnenlicht. Blinde Asseln liefen über den Boden, blinde Milben tasteten über die Wand.

Eine der merkwürdigsten Szenen ist so deutlich und detailreich in meinem Kopf aufbewahrt wie eine Erinnerung, und allein der Verstand sagt mir, dass ich sie nie erlebt haben kann. Ich stieg auf ein Floß, das nicht viel größer als mein eigener Körper war, und legte mich darauf auf den Bauch. Von oben sehe ich mich mit langem Haar und langem Kleid darauf liegen, ein exotisches Wassertier. Im Körper jedoch spüre ich Schwanken, Schweiß, das Drücken der rohen Bohlen in den Rippenkorb. Knapp über der Wasseroberfläche wölbt sich der Höhleneingang und mit schwerfällig paddelnden Armen bewege ich mich darauf zu. Als ich in die Höhle hineingleite, sehe ich, dass vorne an meinem Floß ein Grubenlicht brennt. Der gezackte Fels schrammt an mir und ich presse mich fest auf das Floß, mich mit den Händen weiter-schiebend, tiefer und tiefer in die Dunkelheit hinein. Ich spüre das eisige Wasser an den Händen, das meine Finger schnell steif werden lässt und sich meine Ärmel hinaufsaugt, ich spüre das scharfkantige Innere des Höhlenmaules dicht über mir. Ich wünschte, ich hätte das Fell eines Otters.

Endlich öffnet sich über mir ein großer Dom. Ich setze mich auf, nehme das Licht in die Hand, leuchte umher. An einer Seite der Halle hängen dünne weiße

Stangen herab wie Gitterstäbe. Sie scheinen hohl zu sein, denn Wasser tropft aus ihnen. Ich rudere in die Mitte der Höhle, wo die Decke sich viele Meter über mir wölbt. Um ihre Höhe besser einschätzen zu können, stehe ich auf. Doch mein Gleichgewichtssinn täuscht mich, mit einem falschen Tritt ist das Floß gekentert, meine Flamme erloschen. Das eisige Wasser umschließt mich. Sinke ich? Instinktiv beginne ich mich zu bewegen und tauche wieder auf. Ich danke meiner englischen Missy, dass sie mich schwimmen gelehrt hat, auch wenn mich jetzt Kleider und Schuhe beschweren. Es gelingt mir, das Floß zu fassen und mich mitsamt meiner vollgesogenen Röcke wieder hinaufzuziehen.

Ich huste. Ich zittere. Ich blicke mich um. Erst jetzt sehe ich das Wunder, das in dieser Höhle herrscht. Das Grubenlicht brauche ich gar nicht, denn das Wasser leuchtet. Wie flüssige Jade schmiegt es sich an die schwarze Felswand. Die ganze Halle ist von seinem hellgrünen Licht erfüllt. Unter mir gleiten große Fische dahin. Wenn sie gemächlich wenden, blitzen ihre Schuppen auf. Ich sehe tief hinunter, jeden Stein, der auf dem Grund liegt, ich sehe tief unter die Felsen hinein. Und auch über mir ist alles wie von einer grünen Sonne beschienen, es flimmert und blitzt wie von Smaragden. Tatsächlich leuchtet hier wohl die Sonne von außen, das Wasser trägt ihr von den Bäumen grün befunkeltes Licht herein. Wasser ist ein Medium, das Licht sehr weit transportieren kann. So habe ich keine Angst und erwarte keinen

Wassermann, der mich, um meiner Seele habhaft zu werden, ertränkt.

Habe ich mir das ausgedacht, oder hat mich Reinhold wirklich einmal bei einem Ausritt dazu angestiftet, das Floß zu nehmen? Mähren und Märchen liegen nah beieinander. Es ist ein Traum vom großen Bruder, der das elterliche Verbot überwindet, um mich auf ein Abenteuer mitzunehmen, und mich gleichzeitig beschützt. Doch in der grünen Höhle sehe ich ihn nicht, ich bin ganz auf mich allein gestellt. Vielleicht waren es ja auch Vater und Fürst Salm gewesen, die all das erlebt und uns irgendwann berichtet hatten, und ich bin ihnen nur im Kopf nachgereist, habe mir ihre Erzählung einverleibt und zu einer künstlichen Erinnerung gemacht, die meine Lebensgeschichte schmückt, so wie künstliche Ruinen und Tempel einen Landschaftsgarten verzieren.

Was ich mit Sicherheit weiß, ist, dass Vater im Jahr 1835 das Schloss Cobenzl am Reisenberg zu Wien erwarb. In dessen Park befand sich eine mächtige künstliche Grotte, die, so Vater, gar nicht schlecht gestaltet war. Er verabscheute die barocken Grotten mit ihren farbigen Steinen und aufgeklebten Muscheln an den Wänden, reine Bühnenkulissen und Fantasien. Was er jedoch liebte, waren möglichst naturnahe Imitationen von Sinterhöhlen. In unserer Grotte gab es einen Wasserfall, der in einen sie durchquerenden Bach stürzte, und Durchbrüche in der Decke, durch die

in mächtigen Kegeln das Sonnenlicht fiel. Die Wände
waren aus Zementmörtel geformt, die Stalaktiten aus
Kalkstuck über einem Kern aus Dachziegeln. Erz-,
Edelstein- und Kristalladern durchzogen den künstlichen Fels. So schön und zufriedenstellend das alles
für den gewöhnlichen Besucher war, ließ es Vater
natürlich keine Ruhe. Nach unserer Vertreibung aus
Blansko und der damit verbundenen Verbannung aus
dem mährischen Karst begann er Experimente hinsichtlich einer verbesserten Grottengestaltung auf
Schloss Cobenzl anzustellen. Er arbeitete mit Holz,
Hanffasern und Leinwand, die er den formbaren
Stoffen wie Gips, Kalkstuck oder Zement beimischte,
um sie zu stabilisieren. Er erprobte gemauerte Ziegel-
kerne mit Verkleidungen aus Kalktuff. Kleine Sinter-
elemente ließ er sogar aus Porzellan anfertigen, fein
glasieren und brennen. Vieles war zu teuer, vieles
zu schwer, vieles zu zerbrechlich. Schließlich ließ
Vater einen berühmten Maurer aus England kommen,
einen Künstler, der auf das Errichten von Grotten in
Landschaftsgärten spezialisiert war. Er hatte eine
glitzernde Mischung aus Quarz-, Fluorit- und Calcit-
stückchen erfunden, die er mit Gips vermengte und
über hölzernen Kegeln zu Stalaktiten und Stalagmiten
formte. Ging man mit Fackeln an diesen vorbei,
funkelten sie feenhaft. Darüber hinaus ließ er eine
Pumpe installieren, die Wasser an die Höhlendecke
leitete, um es von den Stalaktiten tropfen zu lassen –
ein Effekt, der besonders den Damen gefiel, die nun

Anlass hatten, sich schutzsuchend an ihre Herren zu klammern und ihre hübschen Sonnenschirme mit in die Höhle zu nehmen.

Vater schwor, dass er die Grotte verschwinden lassen würde, sollte er je von Schloss Cobenzl vertrieben werden. Bis in alle Ewigkeit sollte sie nicht mehr gefunden werden, ganz unterirdisch und von der Menschheit unbeachtet würde sie weiterbestehen. Er hatte Erfahrung im Verbergen von Dingen in der Landschaft. Es gab Wege vom Schloss zum Kahlen- und Leopoldsberg, die niemand kannte und sah, einer führte sogar bis zum Stift Klosterneuburg hinunter. Dabei handelte es sich um kilometerlange Hecken, die so geschnitten waren, dass sie sich natürlich in die Landschaft einfügten – in ihnen waren Geheimgänge versteckt. So konnte Vater unbeobachtet seine Wanderungen machen. Dass er auch die Grotte unauffindbar machen könnte, bezweifelte ich nicht.

Der Leopoldsberg bildet die letzte Erhebung des Kahlengebirges im Nordosten. Er ist ein malerischer Felsen hoch über den Donaumäandern und mit einem schlichten Schloss geschmückt, dessen Kirche von der Ferne hell leuchtet. An schönen Tagen spazierten wir oft dort hinüber, auf Vaters geheimem Weg, wenn wir *entre nous* waren, auf den bekannten Pfaden oder mitten durch die Wälder und Wiesen mit Gästen. Derjenige, der mir dort die sogenannte Schleierlegende erzählte, war Carl Schuh. Wie wir war er 1840 nach Wien gekommen, zuvor hatte er in München und

Berlin gelebt. Touristenhaft hatte er sich gleich mit den lokalen Geschichten und Sehenswürdigkeiten beschäftigt und teilte sie gerne auch denjenigen mit, die sie längst kannten. Die Schleierlegende kannte ich jedoch nicht. Sie faszinierte mich, denn auch in ihr kam ein Brautschleier vor, der weggeweht wurde – wie in der Geschichte von dem Schleier in der Mährischen Schweiz, der den unterirdischen Zusammenhang zweier Flussläufe bewies.

„Hier sollen Markgraf Leopold III. und seine Braut Agnes von Waiblingen am Tag ihrer Hochzeit gestanden haben", erzählte Carl Schuh, während wir an der Brüstung der alten Babenbergerburg am Leopoldsberg standen und auf die Donau mit ihren weiß glitzernden Sandbänken hinabschauten.

„Sie hielten sich an den Händen", sagte er, „und blickten gemeinsam ins Land. Ein heftiger Windstoß kam – plötzlich!" Carl Schuh machte eine Geste über meinem Kopf wie ein Magier und tatsächlich kam ein wenig Wind auf, der an meiner fest unter dem Kinn zugebundenen Schute zerrte.

„Der Brautschleier wurde fortgeweht, tanzte wie ein wilder Geist über die Baumwipfel, und entsetzt blickte das frisch vermählte Paar ihm nach. Sofort wurden Reiter ausgesandt, ihn wiederzufinden, man hatte große Angst, dass der Vorfall Unglück bringen würde. Doch Tage und Wochen vergingen, hohe Belohnungen wurden ausgesetzt, der Schleier aber blieb verschwunden. Schließlich gelobte der Markgraf, an jener Stelle, wo man ihn einst entdecken würde, ein Kloster zu errichten. Und tatsächlich, neun Jahre später fand Leopold selbst ihn auf der Jagd in den Auen auf einem blühenden Holunderbaum."

„Er muss ja schrecklich ausgesehen haben nach neun Jahren in der Wildnis", sagte ich, „schmutzig und zerfetzt und von Tieren angefressen und von Stürmen zerstört."

„Er war vollkommen unversehrt", lächelte Carl Schuh, „aber es ist ja auch eine Legende. Dort, wo sich heute das Stift Klosterneuburg befindet, stand dieser berühmte schleiertragende Holunderbaum. Der Markgraf hielt sich an sein Gelübde und errichtete Kirche und Kloster, wo der Schleier bis heute aufbewahrt wird."

„Aufbewahrt?", rief ich. „Den Schleier gibt es wirklich? Aber dann ist es doch keine Legende, sondern eine wahre Geschichte!"

„In der Tat", stimmte mir Carl Schuh zu, „von einer Legende sollte es kein Erinnerungsstück geben."

Er zeigte sich so verständnisvoll gegenüber meiner Ratlosigkeit angesichts dieses Widerspruches, dass ich ihm die Blansker Schleiergeschichte erzählte, die ja als Tatsache galt. Aber war es nicht merkwürdig, dass immer Brautschleier verweht wurden, um wichtige Entwicklungen zu befördern? Warum nicht ein gewöhnliches Schultertuch, ein alltäglicher Schal? Darüber hinaus gab es wohl wenig, das besser an einem Kopf angebracht war als ein Brautschleier, es verstand sich doch, dass man mit Nadeln und Kämmen den Windstößen vorbeugte an so einem wichtigen

Tag. Kurz, ich begann an der ersten Geschichte zu zweifeln, nachdem ich die zweite gehört hatte, und Carl Schuh lotete mit mir im Gespräch das Wahrscheinliche und das Unwahrscheinliche aus. Es war ein strahlend sonniger Tag, die knorrigen Föhren dufteten und ich genoss es, mit diesem jungen Mann zu erörtern, was die Wirklichkeit ist.

Kreosot, das. Substantiv, Neutrum:
Destillat aus Buchenholzteer mit fäulnishemmender und
stark antiseptischer Wirkung.

Ich sah die Lohe nicht. Ich sah kein Od.

Vater hatte immer gehofft, dass ich eines Tages
zu jenen sensitiven Personen gehören würde, mit
denen er arbeiten konnte. Er hatte sogar mit mir
geübt, mich verschiedensten Verfahren unterzogen,
um meine Wahrnehmungsfähigkeit auszudehnen
auf jene Bereiche, die nicht allen zugänglich waren.
Da sie meinem Vater selbst nicht zugänglich waren,
war er auf verlässliche Menschen angewiesen, die
ihm darüber Auskunft gaben, was sie jenseits der allgemein feststellbaren Sinneserscheinungen fühlten
und sahen.

Die Lohe wurde ausgeduftet. Man sah sie am
besten, wenn man mit dem Gesicht nach Norden
stand, vormittags, nach einem frugalen Frühstück.

Sie waberte ein bisschen wie heiße Luft, die von einem glühenden Ofen aufstieg, hatte aber zusätzlich einen hellen Schein. Zu den Lohequellen gehörten der Schall, Kristalle, Magnete, gärende Erde und Holz. Wurde eine Stimmgabel angeschlagen, emanierte sie eine duftige Wolke. Alle Arten von Feuer strahlten Od aus, jede chemische Tätigkeit.

Vater unterschied zwischen Niedrigsensitiven, Mittelsensitiven und Hochsensitiven. Ich war nichts davon. Auch Ottone und Reinhold hatten keinerlei Empfänglichkeit für unsichtbare Strahlungen. Vermutlich hatten wir eine zu angenehme Kindheit gehabt. Eine Kindheit mit schweren Krankheiten und Krämpfen, permanenter Todesnähe, Katalepsie, Epilepsie und wiederkehrenden Bewusstlosigkeiten war der Entwicklung von Sensitivität äußerst zuträglich.

Die odische Lohe konnte auch gefärbt sein, einen rötlichen, bläulichen oder gelblichen Stich haben. All das habe ich selbst nicht gesehen. Die Sensitiven haben es beschrieben, und mein Vater hat es erforscht.

Jener farbige Stich, erklärte er, sei eine Spur von Lichtzerlegung und Reflex. Er sprach von Inklinationslinien, Kleist'schen Flaschen und Doppelelementen. Er gebot über die Sprache der Wissenschaft, um einen Hauch von Wahnsinn, der aus den Köpfen von Kranken wehte – den er vielleicht selbst dort hineingepflanzt hatte! –, zu beschreiben. Als ich ein Kind war, führte man diese Sprache schon beim Frühstück, das selten frugal war. Man gebrauchte Wörter lateinischer oder altgriechischer Herkunft, Komposita, Neologismen. Sobald Vater mein Interesse an ihnen bemerkte, brachte er mir gewichtige Sätze bei: „Kreosot, Paraffin und Pittakall sind allesamt Teerderivate." Oder, stets ein Erfolg: „Unsere Gießereien beinhalten dreizehn mit englischen Zylinderkästen und Wassertonnengebläsen vereinigte Großfrischfeuer, auf welchen das Roheisen nach der böhmischen Anlaufmethode gefrischt wird."

Meine Fähigkeit, mir derlei gelehrte Dinge zu merken, war der Not geschuldet. Denn eigentlich war Vater der Ansicht, dass Kinder während der Mahlzeiten nicht sprechen sollten. Noch lieber wäre ihm gewesen, wenn wir nur in Ausnahmefällen am Tisch der Erwachsenen sitzen hätten dürfen, aber in diesem Punkt traf er auf Mutters Widerstand.

„Ich habe es selbst erlebt und würde es meinen eigenen Kindern nie antun", pflegte sie zu sagen. „Was haben wir nicht gelitten, als wir abgetrennt in der Kinder- oder Schulstube essen mussten, fern von der Familie, der Gesellschaft, dem Gespräch! Unerwünscht und ausgestoßen fühlte man sich. Ich war bestimmt schon zwölf Jahre alt, als ich endlich den Katzentisch verlassen und meine Mahlzeiten wie ein normaler Mensch einnehmen durfte. Außerdem ist hier in Mähren dieses Separieren der Kinder nicht einmal in den höchsten Kreisen üblich. Sobald sie groß genug sind, die Tischplatte zu erreichen, und eine Gabel zum Mund führen können, ohne sich oder die Umgebung zu beschmutzen, sitzen die Kinder mit an der Tafel."

„Aber Friederike, Friedl", sagte Vater darauf, „du siehst doch, was in diesen Häusern los ist. Kein einziges vernünftiges Gespräch kann man während des Essens führen, weil ständig gebrabbelt, gelallt, geschnattert, geschwätzt und gekreischt wird."

Das musste Mutter zugeben, wenngleich sie festhielt, dass auch sehr viel gelacht wurde, weil die Kleinen drollige Dinge sagten. Man einigte sich darauf, dass wir Kinder bei Tisch sitzen, aber nicht sprechen durften. Dies sei uns für die eine Stunde einer Mahlzeit wohl zuzumuten, meinte Vater, außerdem würden wir gerade durch das Zuhören lernen, wie man sich vernünftig unterhielt. Mutter bat sich ein absehbares Ende des Schweigegebotes aus – wann sollte dies sein, mit sechs, acht, zehn, zwölf Jahren?

Hier bestand Vater darauf, keine allgemeine Regel aufzustellen, sondern das jeweilige Kind in seiner individuellen Entwicklung zu beobachten und danach zu entscheiden. Mein armer Bruder Reinhold musste bis zu seinem dreizehnten Lebensjahr ausharren, bis er der Teilnahme an einem Tischgespräch für würdig befunden wurde. Die Geduld hatte ich nicht. Sobald ich begriffen hatte, wie das System funktionierte und dass es mir erlaubt werden würde zu sprechen, sobald ich wie eine Erwachsene sprach, ging ich mit höchstem Ehrgeiz daran, mir alles Nötige abzulauschen und anzueignen.

So wurde ich zur Attraktion. Im hellblauen Spitzenkleidchen trippelte ich in den Salon, in dem die honorigen Gäste saßen, und hielt mit sperrigen Wörtern reich gefütterte Vorträge über technisches und wissenschaftliches Zeug. Die wenigsten verstanden, wovon ich redete, auch ich nicht, aber das allgemeine Entzücken war mir sicher. Besonders die Damen fanden es amüsant, wenn ein kleines Mädchen sprach wie ein gesetzter älterer Herr. Fragte man mich nach meinem Lieblingswort, sagte ich: „Chemikalie". Meine Zunge war geschmiert und auch meine Attitüde: Mit meinem heiligen Ernst hätte ich jeden täuschen können. Später wurde es mir umso wichtiger, nie etwas zu sagen, das nicht ehrlichem Wissen und aufrichtiger Überzeugung entsprang. Und doch hatte ich auch als Erwachsene noch manchmal das Gefühl, nur ein plappernder Automat zu sein, eine Hochstaplerin, nicht echt.

Damals, als wir auf Schloss Blansko nördlich von Brünn lebten und Vater die Werke des Fürsten und Altgrafen von Salm-Reifferscheidt-Krautheim leitete, war er ein angesehener Chemiker, Techniker und Erfinder. Er hatte den Prozess der Holzverkohlung revolutioniert und damit die Eisenproduktion und in der Folge den Eisenguss. Er beschäftigte sich damit, aus den Gegebenheiten der Natur das Rüstzeug für die menschliche Zivilisation zu schmieden, er setzte Verfahren in Gang, an deren Beginn eine Buche in der Mährischen Schweiz stand und am Ende eine gusseiserne Isis-Statue auf einem Brunnen in Wien. Ich war einundzwanzig Jahre alt, als wir Blansko verließen.

Dass sich danach etwas veränderte, merkte man kaum. Viele Physiker erforschten ja Strahlen, fahle Lichterscheinungen, ätherische Flammen, Emanationen. Vaters Fachgebiete waren Metalle, Gesteine, Meteoriten, Erze, Magneten – Dinge, die man angreifen konnte. Aber auch die Verbrennung, Verdunstung und Destillation beschäftigten ihn. Einen guten Teil seiner Jugend hatte er mit der Erforschung der Holzverkohlung verbracht, war vor bebenden, dampfenden, halb explodierenden Öfen gesessen. Vom Festen zum Durchsichtigen zum Unsichtbaren war es nicht weit. Druck, Hitze und Dampf konnten gefährliche Kräfte entwickeln.

Doch stimmte es, was Carl Schuh sagte? Dass bei Vaters Forschungen die Grenzen zum Spuk fließend waren? Aber wo genau lagen die Grenzen? Ich lernte, über das Od zu sprechen: „Diese Kraft, die das Weltall gleichsam durchweht, stellt sich in die Mitte zwischen Magnetismus, Elektrizität und Wärme, kann aber mit keinem von allen dreien identifiziert werden." Es klang immer noch gelehrt, vielleicht auch ein wenig priesterlich – denn war es nicht der Geist Gottes, der über den Wassern schwebte und das Weltall gleichsam durchwehte? Carl Schuh schmunzelte, wenn ich so redete, doch andere Leute blickten bewundernd. Obwohl Carl sich Vater gegenüber nie anders als respektvoll benahm und seine Zweifel allein mir gegenüber äußerte, hatte Vater eine feine Nase dafür. Als wir ihn einmal nach einem seiner Besuche zum Wagen begleitet hatten, murmelte Vater im Nachwinken: „Sollte der junge Mann etwa mein Widersacher sein?"

„Bestimmt nicht, Vater", entgegnete ich schnell, „er verehrt dich sehr."

Die Hoffnung, mit Ottone zusammenzuarbeiten, hegte Vater wohl nie. Ihre Talente lagen im Musischen, sie sang mit einem beachtlichen Stimmumfang und spielte von klein auf begeistert Klavier und andere Instrumente. Sie war stets der Liebling ihrer Lehrer – so lange, bis sie sie übertraf. Auch in den lebenden Sprachen zeigte sie sich begabt, Latein und Altgriechisch dagegen waren ihr ein Gräuel. Neben dem Deutschen und Böhmischen beherrschte sie Französisch, Englisch und Italienisch. Das Italienische lag ihr am meisten, sie träumte stets davon, eines Tages in Venedig oder Florenz zu leben. Die Sprache der Wissenschaft aber mied sie – in jeder Sprache. Sie zog es vor, Dinge zu sagen wie: Sonne, Blätterdach, *calma di vento, fiori estivi*.

Ich dagegen kam irgendwann in ein Alter, wo ich die Dinge verstand, die zu sagen mein Vater mir beigebracht hatte. Ich wollte Forscherin sein, Blumen aufschneiden, Samenkapseln sezieren. Ich wollte mit Apparaturen arbeiten, die rauchten und dampften, knallten und pfiffen, Dinge schluckten und andere wieder ausspuckten. Darin glich ich meinem Vater:

Ich war ein Mensch der Maschinen und Zahnräder, der Reagenzgläser und Destillationskolben, jemand, der der Natur auf die Schliche kommen wollte.

Im Grunde hoffte Vater wohl, dass seine beiden Mädchen für immer bei ihm leben würden. Dem Sohn konnte er die Heirat und das Fortgehen nicht verwehren, ein Sohn muss irgendwann einen Erben zeugen, um die Linie zu erhalten. Wir aber sollten glücklich werden als geförderte Töchter, die ihren Vater unterhielten (Ottone) und ihm assistierten (ich).

Wir lebten zwei verschiedene Leben. Das erste in Blansko, das zweite am Reisenberg zu Wien, der im Volksmund Cobenzl heißt. Erst wollte Vater das Schloss nicht Cobenzl nennen, da dieser Name auf seinen Begründer, den Grafen Cobenzl, verwies. Er hatte einst, noch im vorigen Jahrhundert, zwei hier befindliche Sommerschlösschen der Jesuitenbrüder aus Klosterneuburg zu einem schönen Landsitz umgebaut. Der offizielle Name desselben lautete Schloss Reisenberg. Vater sah das Schloss als seinen ureigenen Besitz an, er hatte es umgestaltet und umgebaut, und der Graf Cobenzl war für ihn vergessen wie eine prähistorische Grabstätte im Erdreich. Das Schloss sollte Reichenbach genannt werden! Und wenn nicht, dann wenigstens Reisenberg. Doch das Volk hatte seinen Namen gefunden, es war darin konservativ. Cobenzl hieß es und Cobenzl blieb es und irgendwann fand Vater sich damit ab. Erst als man begann, ihn den „Zauberer vom Cobenzl" zu nennen, sah er, dass sich alles ganz wunderbar gefügt hatte. Der Titel gefiel ihm. Freiherr Carl Ludwig von Reichenbach – Der Zauberer vom Cobenzl. Am liebsten hätte er das auf seine Visitenkarten geschrieben.

In Blansko war Vater ein bedeutender Mann gewesen, ein Weltveränderer, ein Bergeversetzer. Er marschierte durch die Fabrikshallen, er kommandierte die Großhämmer, Wasser und Feuer standen ihm zu Gebot. Als kleines Mädchen ging ich so gerne an seiner Hand. Die Leute zogen vor ihm fast ebenso ehrerbietig den Hut wie vor dem Altgrafen selbst. Vielleicht war es genau das, was dem Sohn des Altgrafen, der nach dessen Tod die Herrschaft übernahm, so außerordentlich missfiel.

Das Schloss Cobenzl war einer der schönsten Orte, die ich je gesehen hatte. Es lag eingeschmiegt in sanfte Hänge und eingebettet in üppige Wälder, mit Wiesen, Hainen und Weinbergen rundum. Von der Ferne war es märchenhaft anzusehen, und war man dort, gab es selbst die herrlichsten Ausblicke frei. Die grünen Karpaten, die schneebedeckten Alpengipfel, das turmbestachelte Wien, das Klosterneuburger Stift, die medusenhaften Donauschlingen, die Burg und das Kirchlein am Leopoldsberg – als hätten Mensch und Natur gemeinsam an einer idealen Gestaltung der Landschaft gestrickt. Auch war das Klima hier insgesamt milder als in Mähren mit seinen harten Wintern, in denen alles im tiefsten Schnee versank.

Die Parkanlagen waren wild und kunstvoll zugleich. In den Teichen blitzten die Schuppen von riesigen

Karpfen, die ihre Leiber der Sonne zuschlängelten, in Grüngold und Silberbraun. Manchmal kam ein Fischreiher von den Donauauen herauf, doch nicht um zu jagen, sondern um sich auszuruhen. Er schaute dann viele Stunden lang vor sich hin, auch wenn der Regen um ihn tropfte, im Uferschilf sitzend oder auf einem malerisch morschen Totholz im Wasser, schien sein Dasein ausgiebig zu überdenken und flog schließlich wieder fort. Über die Wege krochen die buntesten Raupen, leuchtend gelb und mit blitz-blauen Perlen bestickt, grasgrün, flaschengrün, rot-gesichtig, gestreift, gefleckt und behaart. Kurz darauf taumelten auch schon die ersten Schmetterlinge aus dem Gebüsch. Wasserläufer flüchteten über die mit Blütenstaub bestreuten Teichoberflächen, Schwäne, die gefüttert wurden, segelten herbei. Oft stand ein Reh da, fraß Rosenblüten und starrte mich furcht-los an.

Der Ort war verzaubert. Der Zauber lastete auf ihm. Er war verwunschen, in einem unheilvollen Schlaf gefangen, vielleicht sogar verflucht. Im Inneren des Schlosses wurde ständig gearbeitet, Sammlungen wurden angelegt, beschriftet, geordnet, beforscht, es gab Zimmer voller Meteorsteine, Mineralien, Fossilien, Knochenfunde, ein uferloses Herbar. Das Labor war voller Gläser mit den seltensten Substanzen, die Bibliothek mit tausenden Bänden gefüllt.

In manchen Momenten hatte ich das Gefühl, dass irgendwo dort in den harzduftenden Wäldern, den beblühten und beerenbehangenen Gebüschen, auf den marmornen Treppen und sandsteinernen Terrassen noch etwas Schreckliches geschehen würde. Es war wohl ein Nachhall des Unglücks von Blansko und überkam mich meist dann, wenn ich mitten im Idyll stand und dachte: „Wie schön das alles ist."

„Kraft ist die unbekannte Ursache der Erscheinungen." Mit diesem Satz im Kopf und auf den Lippen rannte ich als Kind durch die Büsche. Ließ die Hand durch das Wasser eines Weihers oder Baches gleiten. Kräfte sah man nicht, nur ihre Auswirkungen, das war in der Wissenschaft so, im Aberglauben und in der Religion. Kein Wunder bei dieser Erziehung, dass auch später noch die Welt in meinem Inneren manchmal von Visionen durchwühlt war, obwohl außen nichts anderes zu sehen war als die hohen Buchen hinter dem Schloss Cobenzl, der Kies auf den Wegen und der Gärtner Joseph, der ein Blumenbeet harkte. Manchmal war es etwas einsam dort oben in den Wäldern, ganz anders als im Schloss Blansko, das mitten in der Stadt und fußläufig zu ihrem lindenbeschatteten Hauptplatz lag. Deshalb blieben wir oft auch in den harten Wintermonaten dort, wenn alles unter einer dicken Schneedecke lag. Auf Schloss Cobenzl aber wollten wir nicht eingeschneit werden, und so zogen wir im Winter hinunter nach Wien, wo wir in der Bäckerstraße eine schöne Wohnung hatten.

Am glücklichsten war ich in meinem Herbar. Dort war ich Königin, Priesterin, dort hatte mir Vater so gut wie alleinige Zuständigkeit eingeräumt. „So gut wie" bedeutete, dass er sich theoretischen Oberbefehl vorbehielt, diesen aber nur selten ausübte.

Vom ersten Krokus bis zur letzten Herbstzeitlose beschäftigte ich mich in diesem Raum, in dem die vergängliche Natur in eine Systematik gebracht und für die Ewigkeit konserviert wurde. Bei den Fenstern, wo das Licht am besten war, standen die Arbeitstische mit den Pressen. Mit Hilfe von Pinzetten brachte ich die jeweilige Pflanze (die idealerweise blühte oder fruchtete) auf festem Papier in ein Arrangement, bei dem möglichst wenige Teile andere überlappten, und fixierte alles mit Papierstreifen, über die ich dann einen weiteren großen Papierbogen legte. Das fragile Bild kam in die Presse und die Flügelmutter wurde angezogen – vorsichtig, damit nichts brach. Je nachdem, wie durchsaftet die Pflanze war, dauerte die Trockenzeit eine, zwei oder drei Wochen. Der kleine Kachelofen wurde angeheizt, auch im Sommer, um den Prozess zu befördern. Das Papier, in dem die Pflanze trocknete, musste regelmäßig gewechselt werden, da es sonst zu Schimmel oder Pilzbefall kam. Nach und nach sickerte die Feuchtigkeit ins wellig werdende Papier, bis nur mehr die Essenz der Pflanze übrigblieb, bei entsprechendem Geschick mit beinahe originalen Farben und in idealer Form. Und dann kam die ganz große Kunst: Alles wurde auf feste Bögen aufgezogen und beschriftet, ein trockener Garten, der keine Jahreszeiten kannte.

„Heu" nannte es Ottone, und zum Beweis hatte sie einmal ihr Zicklein Petronella mitgebracht. Das war noch in Blansko gewesen, wo bei meinen ersten Herbarversuchen noch vieles bröselte oder faulte, das Papier sich wellte, die Tinte verschmierte. Petronella jedenfalls verspeiste die ihr vorgelegten Ausschussbögen zur Gänze, samt Pflanze, Tinte und Papier, wie ein Gast, der mit dem Karpfen gleich den Teller verzehrt.

Später beschäftigte ich mich auch mit dem inneren Aufbau der Pflanzen, mit feinsten Messerchen zerlegte ich sie chirurgisch und studierte ihre Anatomie. Von den Strukturen, die ich unter dem Mikroskop untersuchte, fertigte ich möglichst präzise Zeichnungen an. Um meine Forschungen auf ein sicheres Fundament zu stellen, legte ich Wert darauf, mit berühmten Botanikern zu korrespondieren und sie nach Möglichkeit auch zu treffen. Die Tatsache, dass ich mich mit ihnen mühelos austauschen konnte, zeigte die hervorragende Ausbildung, die mir durch Vater zuteilgeworden war.

Es heißt, dass Gott an alles Dasein auf der von ihm geschaffenen Erde nur zwei Namen vergab: Adam und Eva. Diese beiden sollten dann alles andere benennen, Pflanzen und Tiere, Gase und Gesteine, Säuren und Basen. Nun war Adam und Eva die Spinnenart *Aranea avicularia* aller Wahrscheinlichkeit nach gar nicht bekannt, ebenso wenig wie das Kreosot. Es ist nicht überliefert, ob Adam und Eva überhaupt sehr viel über das Allgemeinste hinaus benannten, vermutlich teilten sie nur in grobe Kategorien ein, wie „Schlange", „Baum" oder „Fels". Vielleicht hatten sie nur wenige Wörter für wenige Vögel, oder ein einziges für jeglichen „Fisch".

Im Paradies muss es auch Insekten gegeben haben, sonst hätte der Baum der Erkenntnis nicht bestäubt werden können und hätte keine Früchte getragen. Über die Verladung von Insekten auf Noahs Arche ist nichts bekannt, doch von jeder Art ein Pärchen hätte wohl oft zu keiner weiteren Vermehrung geführt. Eine Ameisen- oder Bienenkönigin braucht ja nicht nur ein Männchen, sondern viele Arbeiterinnen, die ihre Brut füttern, und Soldatinnen, die sie verteidigen.

Auch zu Noahs Zeit war die Taxonomie noch unausgereift. Es hat noch lange keinen Carl Nilsson Linnæus gegeben, der von seinen Eltern Carl genannt wurde sowie Linnæus nach dem Gesetz, demzufolge man den väterlichen Familiennamen zum Ausweis der Sippenzugehörigkeit erhält, und weiters nach dem schwedischen Brauch, der den zweiten Vornamen als „Sohn von X" formuliert, in jenem Fall also Nilsson, Sohn des Nils. Selbst also dreiteilig benannt, erfand er ein System, die drei Naturreiche der Mineralien, Pflanzen und Tiere mittels mindestens zweiteiliger Benennungen zu klassifizieren.

Das Wunderbare ist, dass wir die Welt gerade erst entdecken und alles Gefundene taufen können wie unser eigenes Kind. Wer hinausfährt auf die Meere und Kontinente, die die zivilisierte Welt noch nicht mit Namen belegt hat, und eine Insel entdeckt, einen Bergkamm oder einen Wildbach, der kann sie benennen, wie er mag – nach seinem Souverän oder seinem Gefühl, Kaisergipfel oder Elendsbucht. Mit der Zeit verrinnen die Bedeutungen der Namen und werden nur mehr Klang: Neufundland, Kap der Guten Hoffnung, Gesellschaftsinseln, Königin-Charlotte-Sund.

Nein, noch viel mehr als sein eigenes Kind kann man das neu Entdeckte benennen, denn dem Kind gibt man doch einen Namen, der immer schon als Name vorgesehen war und zumeist die Herkunft und das Geschlecht bezeichnet. Hermine etwa ist ein deutscher Frauenname, keine Erfindung meines Vaters. Aber das Kreosot, das er im Buchenholzteer entdeckte, benannte er auch selbst: *Kreas* bedeutet im Griechischen „Fleisch" und *sozo* „konservieren". Der Rauch von verbranntem Holz vermag Fleisch vor dem Verderben zu bewahren, das wusste man schon lange, doch erst Vater isolierte das reine Kreosot, das den räucherigen Geschmack macht und die Fäulnis vertreibt. Auf Holz gestrichen bewahrt es auch dieses vor dem Verrotten, es ist ein Holzschutzmittel, gewonnen aus Holz. Dazu kommt eine heilende Wirkung bei allem, was am Körper fault, fressende Geschwüre, Krätze, Karies und Syphilis beim Menschen, Maul- und Klauenseuche bei Rindern und Schweinen oder Räude und Staupe bei Hunden. Wer ein so nützliches Mittel entdeckt, das aus einem vermeintlichen Abfallprodukt gewonnen wird, der darf es wohl benennen.

Ich selbst habe auch etwas benannt, das ich zwar nicht entdeckte, aber doch sehr ausführlich erforschte und beschrieb. Die zellenartigen Ausfüllungen der Gefäße im Inneren mancher Pflanzen habe ich „Thyllen" genannt, nach dem griechischen Wort *thyllis* für „Sack". Das Wort wird überall verwendet, doch die wenigsten wissen, dass es von mir stammt, da ich meine Abhandlungen anonym veröffentlichte. Als Frau habe ich keinen Namen in der Wissenschaft, doch mein Kind, meine Arbeit, lebt selbstständig fort.

Mimese, die. Substantiv, feminin:
Täuschende Nachahmung. Tarnung, bei der ein Lebewesen Form und Farbe seiner Umgebung annimmt.

Der Kampf zwischen der Wissenschaft und der anderen Seite köchelt und schwelt und dampft und explodiert. Auf der anderen Seite stehen Religion, Aberglaube, Spiritismus, Alchimie, Astrologie, Handleserei, Pendeln, Graphologie, Okkultismus, Scheinwissenschaft, Hoffnung, Wunsch und Wahn. Beide Seiten haben Rituale, Ordnungen, Instrumente, Apparate, Bücher und Zaubersprüche. Wer gelehrt klingende Wörter kombiniert und sie immer wieder wiederholt, kann schnell als wissenschaftlich gelten. Wer Regeln mit unbeugsamer Strenge aufrechterhält, erscheint vielen als Inhaber der Wahrheit, denn die Wahrheit ist doch unerschütterlich, oder etwa nicht?

Die Wissenschaft ist weich, sie prüft ihre Annahmen und ändert sie ab, wenn sich neue Erkenntnisse ergeben. Wer hätte vor hundert Jahren geahnt, dass die fossilen Knochen, die man an der südenglischen Küste fand, nicht von riesigen Fischen, seltsamen Amphibien oder bizarren Säugetieren, sondern von Ichthyosauriern stammten? Das Wort „Ichthyosaurier" gab es noch nicht. Man dachte, dass es sich um die Knochen von Tieren handelte, die seit jeher irgendwo in den geheimen Winkeln und Falten dieser Erde lebten. Ihre Kadaver seien vom Meer über große Entfernungen vertragen und die Reste schließlich an der Küste von Dorset angeschwemmt worden, wo sie versteinerten. Eines Tages würden die Entdecker und Eroberer lebende Exemplare dieser Spezies finden und das Rätsel wäre gelöst.

1811, nur acht Jahre vor meiner Geburt, fand ein zwölfjähriges Mädchen mit einem kleinen Hund und einer großen Strohschute ein Skelett dieses Wasserwesens. Im Jahr zuvor hatte ihr Bruder den dazugehörigen Schädel entdeckt, den man zunächst für den eines Krokodils hielt. Der Fund erregte großes Aufsehen, handelte es sich doch um das erste vollständige Skelett eines solchen Tieres. Es war auch das erste, das man schließlich als das eines Ichthyosauriers bestimmte. Das Mädchen hieß Mary Anning und sie war wohl nicht so behütet wie ich, denn sie durfte alleine herumstreifen, musste es sogar, um Fossilien zu sammeln, die als steinerne Kuriositäten an Touristen verkauft wurden. So half sie, den Unterhalt ihrer Familie aufzubessern. Ich beklage mich nicht über meine Kindheit in Wohlstand und Sorglosigkeit, aber wer weiß? Was hätte ich in den mährischen Höhlensystemen entdecken können, hätte man mich alleine auf Expedition ziehen lassen? Mary Anning wurde erwachsen, berühmt, machte weitere Entdeckungen, erhielt Auszeichnungen und starb an schwerer Krankheit im Jahr vor der Revolution.

Die Zeit weht durch uns hindurch und wir sind uns nun sicher, dass der Ichthyosaurus ausgestorben ist und nicht in geheimnisvollen, fernen Meeren lebt, frisst und Junge bekommt. Dass es Tiere gibt, die ausgestorben sind und nie wieder auf dieser Erde zu finden sein werden.

Die Wissenschaft bastelt für jede neue Entdeckung ein neues Wort, so beweglich ist sie. Die Worte der Religion dagegen sind unveränderlich, in Stein gemeißelt, im Sing-Sang der Gottesdienststrophen eingefroren, man lernt sie als Kleinkind und kann sie noch im Sterben liegend rezitieren, wir bitten dich, erhöre uns, tut dies zu meinem Gedächtnis. Die Spiritisten aber mischen die ewigen und die neuen Worte, die eingeübten Rituale und die modernen Apparate, die ergreifende Emotion und die Bedürfnisse des tatsachensuchenden Geistes. Was Vater von den Spiritisten hielt, den Homöopathen oder Phrenologen, fasste er in einem Satz zusammen: Der Glaube könne zwar keine Berge bewegen, wohl aber viele dumme Menschen. Die neuen Religionen tarnten sich als Wissenschaft, erklärte er, so wie Schwebfliegen, die das Aussehen von Wespen kopierten, Schmetterlinge, die sich als Blatt verkleideten, Pflanzen, die wie Steine aussahen. Mimikry und Mimese. Doch

Carl Schuh war der Ansicht, dass Vater, der große Skeptiker, selbst auf der Seite der gelehrt verbrämten Wahnvorstellungen stehe mit seinem Od und der Dunkelkammer und den Gräberbesuchen. Nicht von jeher, doch seit jener Abzweigung, als er den Weg von Berechnung, Experiment und Wiederholbarkeit des Ergebnisses verließ. Sosehr er sich auch bemühte, genau dieser Form zu entsprechen, den Sensitiven unter stabilen Bedingungen stabile Beobachtungen zu entlocken. Denn Vater, der die Technologie der Eisenproduktion revolutioniert, Meteoriten analysiert und unterirdische Höhlensysteme kartografiert hatte, wollte als Wissenschaftler gelten und nicht als Alchimist.

Dabei war Carl Schuh selbst ein großer Zauberer, Meister eines nagelneuen Wortes: Daguerreotypie. Es bezeichnete ein Verfahren, das sein Erfinder, der französische Maler Louis Daguerre, nach sich benannt hatte. Vereinfacht gesagt, erklärte Carl Schuh, handelte es sich dabei um die Technik, mit Hilfe von künstlichem Licht ein vollkommen scharfes Abbild von einem realen Gegenstand, einer Landschaft oder einer Person zu erzeugen und auf lichtempfindlichem Papier zu fixieren. Es werde Licht! So sei die Menschheit von der Entdeckung des Feuerschlagens zur Möglichkeit gelangt, einen mikroskopischen Querschnitt durch den Stängel einer Clematis aufzunehmen, festzuhalten, in der k.k. Gesellschaft der Ärzte zu Wien zu zeigen, Erzherzoge und Prinzen zu beeindrucken. 1840, im Jahre unserer und seiner Übersiedlung nach Wien, trat er im großen Saal der Universität mehr als dreißig Mal auf. Der Erfolg war so überwältigend, dass er auch nach Brünn, Pressburg, Pest und vielen kleineren Orten dazwischen reiste, um in ausverkauften Sälen die Menschen zum Staunen zu bringen. Der britische Ingenieur Thomas Drummond hatte die Entdeckung gemacht, dass brennendes Knallgas, auf Kalk geleitet, diesen zum Weißglühen bringt, wodurch ein außerordentlich intensives Licht entsteht. Mit diesem Drummond'schen Licht, einem achromatischen Hydro-Oxygen-Gas-Mikroskop und seiner Kamera führte Carl Schuh die neue Technologie vor und verloste am Ende die dabei entstandenen Daguerreotypien unter den Eintritt zahlenden Besuchern. Die von seinem Mikroskop erzeugten Vergrößerungen warf er mittels des heftigen Lichtes auf eine große weiße Wand, wo sie von allen Anwesenden gleichzeitig gesehen werden konnten. Gleich einem Magier zeigte er seine Tricks – mit dem Unterschied, dass er wirklich zaubern konnte. Das Gas rauschte auf, explodierte mit einem lauten Knall, das Publikum schrie, raunte, schnappte nach Luft, auf der Wand erschienen körperlose Bilder, Geistererscheinungen von Dingen, die bis dahin nur Gott gesehen hatte, Lebewesen in Wassertropfen, die gebirgige Topografie eines vermeintlich glatt geschliffenen Holzstücks. Doch damit nicht genug, im nächsten Schritt wurden diese Bilder wieder materialisiert, auf Papier festgehalten und an die glücklichen Gewinner der

Verlosung verteilt. Und auch Porträts konnte man bestellen! Was für ein Jubel und Jahrmarkt, der uns ablenkte von der traurigen Tatsache, dass Blansko für uns für immer verloren war, und Hoffnung gab, dass es weiterging mit der Menschheit, der Technik, dem Fortschritt und uns.

Auf einem der Ankündigungszettel schrieb Carl Schuh: „Zu den reinsten Freuden, zu den wirksamsten Mitteln wahrer Bildung des Menschen gehört unstreitig ein tieferes Eindringen in die Natur, ein näheres Erkennen ihrer Formen und Gesetze." Nichts hätte Vater und mir mehr aus dem Herzen sprechen können. Und auch während der Demonstrationen waren es die geistreichen und unterhaltsamen Ausführungen des jungen Lichtbildpioniers, die wesentlich zur Begeisterung des Publikums beitrugen. Er wusste zu erklären, anzusprechen, mitzureißen – der Besucher merkte kaum, dass er etwas lernte, fühlte er sich doch so vergnügt wie im Zirkus. Carl Schuh war ein Gelehrter des Volkes, ein Mann, der die isolierte Arbeit im Labor ebenso beherrschte wie ihre Vermittlung an die Massen. Er gestikulierte, wirbelte herum, zog an allen Fäden. Für mich sah er aus wie ein tollkühner Schiffskapitän: erschreckend jung und doch ein Verbündeter des Windes.

Immer wieder besuchten wir seine Schauexperimente und Vater war so begeistert, dass er ihn zu einer privaten Demonstration ins Schloss Cobenzl einlud. So begann unsere Freundschaft.

Er hat nie etwas dergleichen gesagt, aber ich glaube, dass Vater annahm, er würde für Carl Schuh dasselbe sein, was der Fürst und Altgraf von Salm-Reifferscheidt-Krautheim für ihn gewesen war: ein Mentor, väterlicher Förderer und auch ein bisschen ein Vorbild. Und für sich selbst hoffte Vater auf einen Mitstreiter, Nachfolger, geistigen Sohn – denn all das war er wiederum für den Altgrafen gewesen, im Gegensatz zu dessen leiblichem Sohn.

An den Altgrafen erinnere ich mich gut, er hatte eine markante Adlernase und war klein, sehnig, wendig und überaus lebhaft. Allgemein galt er als Genie, von unstillbarem Entdeckergeist getrieben. Man erzählte sich, dass er, als die Stiefmutterschlucht noch unerforscht war, sich einmal auf einem Brett sitzend von oben abseilen ließ, um auf diesem Weg in die tiefe und angeblich bodenlose Kluft hinabzugelangen. Das Brett allerdings begann sich so heftig zu drehen, dass selbst diesem furchtlosen Mann bang wurde. Immerhin rotierte er vor einer Felswand, gegen die er durch eine falsche Bewegung oder einen Windstoß geschleudert werden konnte. Nachdem er etwa fünfzig Meter lang durchgehalten hatte, entschloss er sich, die Höllenfahrt zu unterbrechen und auf einem kleinen Plateau eine Rast einzulegen. Er konnte von dort in den bewucherten Schlund hinabblicken und sah auf seinem Grund einen smaragdgrün leuchtenden See. Hochzufrieden mit der Entdeckung, dass die Schlucht keineswegs bodenlos war, war er bereit, nach oben zurückzukehren – jedoch nicht, ohne zuvor in einer Felsnische eine mitgebrachte Flasche Champagner und zwei Gläser zurückzulassen, für die nächsten Entdecker, die hier vorbeikommen mochten. So war der Altgraf: ein Mann von höchster Exzentrik und untadeligen Manieren.

Der Altgraf war lebendig und hörbar und sichtbar und gleichzeitig wie eine erfundene Gestalt. Als hätte jemand eine Geschichte über ihn, wild wie Seemannsgarn und Jägerlatein, so eindrücklich erzählt, dass er plötzlich leibhaftig existierte, das ausgedachte Leben weiterführte und die herbeifabulierten Geniestreiche und Abenteuer weiter bestand. Er war ein Patenkind der Kaiserin Maria Theresia gewesen und hatte als junger Mann auf einer Studienreise nach England die Pläne und Beschreibungen der dort entwickelten Textilmaschinen an sich gebracht und außer Landes geschmuggelt – eine Geschichte, die er immer wieder gerne zum Besten gab. „Oh, die Engländer!", pflegte er zu sagen. „Es geschieht ihnen ganz recht. Was haben sie nicht alles gestohlen! Es sollte mich nicht wundern, wenn sie eines Tages einen Agenten ins Reich der Mitte einschleusen, um den Chinesen die Geheimnisse der Teeproduktion abzuluchsen!" Jedenfalls war der Altgraf damals dank dieser Unbescheidenheit der Erste im Habsburgerreich gewesen, der Spinnmaschinen zu errichten wusste. Füchse stahlen Gänse, was war schon dabei?

Obwohl er selbst außerordentlich klug war, bestand seine besondere Klugheit darin zu erkennen, wann jemand etwas besser wusste als er selbst. Wenn er eine solche Abkürzung nahm, war es keineswegs immer Spionage. Er holte die besten Leute zu sich, nützte ihre Kenntnisse und Fähigkeiten und belohnte sie dafür. Etwa zu der Zeit, als Vater sich an der Universität Tübingen im juridischen Lehrgang inskribiert hatte – der ihn nicht im Geringsten interessierte, aber nach Großvaters Ansicht eine gesicherte Beamtenlaufbahn versprach –, beschäftigte sich der Altgraf mit der Frage der Verkohlung von Holz im geschlossenen Raum. Die bisherigen Methoden der Köhler, bei denen das Holz in einfachen Meilern verschwelt wurde, verschwendeten all die Nebenprodukte wie Teer, Holzgas und Holzsäure, die dabei entstanden. Dem geschäftstüchtigen Altgrafen war klar, dass dabei pures Gold in die Luft geblasen und weggeschüttet wurde. Sein Plan war es, nicht nur erstklassige Kohle zu erzeugen, sondern auch all die anderen dabei entstehenden Substanzen nutzbar und zu Geld zu machen.

In einem abgeschiedenen Tal ließ er einen gewaltigen Apparat bauen, einen mit Eisenplatten verstärkten Riesenofen mit Röhren und Kesseln und allen Finessen. Tagelang dauerte die Verkohlung und der Altgraf selbst war beinahe ständig vor Ort. Knallgas, Wasserstoffgas, Flammen und Qualm! Eine riesige Feuersäule erhellte nachts das Tal, tagsüber quoll der Rauch so beständig zum Himmel, dass man die Sonne kaum sah. Dazu kamen Geräusche: Knattern, Knistern, Zischen, Geknalle und Getöse. Ein stechender Geruch erfüllte die Luft und ließ die Augen tränen.

Immer wieder drohte der mit unendlicher Hitze und Druck aufgeladene Ofen zu explodieren, immer wieder konnte das Unheil gerade noch in letzter Sekunde abgewendet werden. Es war eine Hexenküche, wie sie noch keine Hexe je besessen hatte. Die in ihr gefangen gehaltenen tobenden Geister hatten die Macht, bei Entkommen den Altgrafen, all seine Helfer und das gesamte Tal zu zerfetzen. Der Ofen bebte, Teile von ihm schmolzen zu Klumpen, Brände entstanden, Kühlwasser verdampfte, der Schlot bekam Risse, aus denen das heiße Pech quoll.

Ein Versuch nach dem anderen scheiterte und jedes Mal wurde nach dem Abkühlen und Ausräumen des Ofens entdeckt, dass jemand an wichtigen Stellen der Konstruktion Löcher eingehauen hatte, sodass das Unternehmen niemals gelingen konnte. Einmal wurde über Nacht das Schöpfrad für das Kühlwasser unbrauchbar gemacht, weswegen man dort Wachen aufstellte. Dann aber wurde wieder etwas anderes willentlich zerstört. Doch wem war daran gelegen, die Verkohlung im geschlossenen Raum scheitern zu lassen? Den Köhlern, die ihr Auskommen mit ihren kleinen, verschwenderischen Meilern zu verlieren fürchteten? Dem hatte der Altgraf doch eigens vorgebeugt, indem er sie in die Versuche eingebunden, dabei in der neuen Methode ausgebildet und im wahrsten Sinne des Wortes fürstlich entlohnt hatte. Die Täter wurden nicht gefunden und mit der französischen Invasion mussten die Versuche vorerst eingestellt werden.

Jahre später kam ein Brief von einem der Chemiker, die der Altgraf damals eigens für die Holzverkohlungsexperimente aus dem Ausland zu sich bestellt hatte. Der Mann war nach Wolfenbüttel zurückgekehrt und mittlerweile von einer schweren Krankheit aufgezehrt worden. Nun, da er im Sterben lag, wollte er sich die Last von der Seele schreiben. Er sei es gewesen, der die Versuche misslingen hatte lassen. Ein Unbekannter habe ihm eine große Menge Geldes bezahlt für die Störungen und Zerstörungen, jemand, der vielleicht verhindern wollte, dass der Altgraf noch reicher wurde, als er ohnehin schon war, oder der einfach von schierer Bosheit angetrieben war. Er bereue es zutiefst, vom Glanz des Goldes geblendet auf das schändliche Angebot eingegangen zu sein, nachzumal die Entlohnung durch den Altgrafen äußerst großzügig gewesen sei. Indes der Schöpfer habe ihn durch schmerzhaftes Siechtum bestraft etc. etc.

Der Altgraf schrieb sofort zurück und stellte eine Reihe von Fragen: Wie der Unbekannte an ihn herangetreten sei, wo und wie oft er ihn getroffen habe, wie er ausgesehen und gesprochen habe, wie die Geldübergabe stattgefunden habe. Doch es kam nur eine kurze Nachricht von der Frau des Chemikers zurück, in der stand, es täte ihr sehr leid, ihr Mann sei seinem schweren Leiden erlegen. Somit hatte der Sterbende durch sein Geständnis nur das eine Rätsel durch ein anderes ersetzt. Das Vertrauen des Altgrafen in die Menschheit konnte die Geschichte nicht trüben, wohl aber blieb bei seinem ältesten Sohn und Erbfolger,

Hugo Karl Eduard, ein dauerhaftes Misstrauen gegen alle und jeden zurück.

Atemlos lauschten wir Kinder, wenn der Altgraf an kühlen Abenden vor dem Kamin erzählte, wie er gleich dem Fürsten der Finsternis das Höllenfeuer aufrief, durch das Getöse Befehle schrie, sich mit ausländischen Chemikern mit vorgehaltenen angefeuchteten Taschentüchern beriet, ruß- und ascheverschmierte Arbeiter dirigierte. Wie zu bersten drohende Kamine mit Ketten zusammengehalten wurden, gleichsam, als wollte man einen Vulkan bändigen, wie man glühende Rohre gerade noch rechtzeitig vor dem Schmelzen bewahrte, indem man sie mit nassem Lehm bewarf. Wir blickten in das behagliche Buchenholzfeuer im Kamin und sahen es größer und größer werden. Das zarte Knistern wurde zum Donnern einer lodernden Gasflamme, der milde Brandduft zum beißenden Rauch. Auch Vater liebte diese Erzählungen und oft fragte er nach Details: Nach wie vielen Stunden war der Kessel mit Teerwasser gefüllt? Erwiesen sich die eisernen Platten als stabiler oder die aus Ton und Graphit?

Wir alle wussten, wie die Geschichte ausgegangen war. Vater hatte das Problem der Verkohlung im geschlossenen Raum gelöst, der Altgraf hatte ihn nach Blansko geholt und so saßen wir alle beisammen.

Ein Besuch beim Altgrafen war stets ein Vergnügen, nicht nur wegen ihm selbst und seiner Lebensart, die großes Wissen mit großem Reichtum verband. Schloss Raitz, der Hauptsitz der Familie von Salm-Reifferscheidt-Krautheim, gefiel mir besser als unseres, es war luftig und durchlässig wie ein Vogelbauer, ein heiterer Friedens- und Sommer- ort, während Schloss Blansko eher einer trutzigen Burg glich. Gegen einen Feindesangriff war Schloss Raitz nicht gesichert: Das Verhältnis von Mauerwerk und Fenstern hielt sich die Waage, letztere waren im Erdgeschoß so tief eingebaut, dass man überall mühe- los einsteigen konnte, und sogar die hohen Eingangs- tore waren aus Glas.

Wie Vater hatte auch der Altgraf ein großes chemisches Labor. In der Bibliothek gab es lebens- nahe Menschenskelette aus Holz, die wir Kinder gründlich untersuchen durften. Dort befand sich auch eine bedeutende Sammlung alchimistischer Werke – anders als Vater hatte der Altgraf die Hoffnung nie aufgegeben, etwas Brauchbares darin zu finden. Oft waren wir tagelang zu Gast. Ich liebte den Speisesaal, der mit einem offenen Kamin und hohen geschnitzten Holzsäulen, die die geschnitzte Decke trugen, prächtig und dennoch gemütlich war. Der schönste Raum war die achteckige Sala terrena, deren gläserne Riesen- tore auf die Terrasse hinausführten. Von hier aus übersah man den leicht abfallenden Park und die sich dahinter wölbenden Hügel, die Landschaft war gewissermaßen Wandschmuck. Im Sommer war die Terrasse mit Zitronenbäumen und Palmen in großen Töpfen geschmückt und bekam ein südliches Ansehen. In der Sala terrena trank man den Nachmittagskaffee im kleinen Kreis und feierte große Feste. Auf der Höhe des goldenen Lüsters gab es Balustraden, die vom oberen Stockwerk aus erreichbar waren. Als Kinder durften wir manchmal bei Bällen von dort aus auf die Tanzenden hinuntersehen, die, wenn sie uns entdeckten, zu uns hinaufwinkten.

Die im ganzen Schloss verteilten Porträts der Salm'schen Familie und ihrer Ahnen waren von hoher künstlerischer Qualität und die darauf Abgebildeten machten einen freundlichen Eindruck: als würden sie Gäste willkommen heißen. Auch die lebende Familie des Altgrafen war freundlich, seine Gemahlin Marie war die Tochter des schottischen Grafen Robert McCaffry of Kean More und pflegte sich mit meiner Missy auf Englisch zu unterhalten. Mit den beiden jüngsten Töchtern spazierten Ottone und ich oft durch den Park, der prächtige Ausblicke über die mild gewellte mährische Landschaft bot, sangen vierstimmig Lieder, zerrieben Minzen und Verbenen zwischen den Fingern oder schnitten Blumen für die vielen Vasen im Schloss. Es waren riesige Sträuße für riesige Vasen, jeder Raum empfing einen mit einem besonderen Duft, der Sommer musste ausgekostet werden, denn den Winter verbrachte man in Wien. Nicht lange nach den herbstlichen Festen, bei denen man Weinlese und Erntedank feierte, wurde das Schloss für den Winterschlaf vorbereitet. Die Läden vor den hohen Glastüren und den vielen Fenstern wurden geschlossen. Die Möbel wurden verhängt, damit sie nicht verstaubten, die Spiegel, damit keine Geister in ihnen umgingen. Einmal am Tag durchschritt einer der im Nebengebäude verbliebenen Diener die verlassenen Räume, um nach dem Rechten zu sehen und zu verhindern, dass sich Marder, Siebenschläfer, Weberknechte oder Landstreicher einquartierten.

Wir hingegen blieben oft genug auch im Winter in Blansko, wenn Vater sich nicht von seinen Eisenwerken und Mutter sich nicht von ihm trennen wollte, wenngleich sie dann durchaus bedauerte, die aufregende Saison in der Kaiserstadt zu versäumen. Wir Kinder bedauerten und versäumten nichts, wir fuhren Schlitten und liefen Schlittschuh im gleißenden Sonnenlicht, während Wien von grauen Nebeln überhangen war. Der glitzernde Schneestaub, die meterhohen, windgeformten Wächten, die gewaltigen Eiszapfen und gefrorenen Wasserfälle der Umgebung waren uns Aufregung genug.

Nur Hugo Karl Eduard, der ein junger Mann von achtzehn Jahren war, als wir nach Blansko kamen, schien sich den herzlichen familiären Beziehungen zu verschließen. Seine blauen Augen hatten immer einen tief verletzten Ausdruck, als ob ihm etwas Schreckliches zugefügt worden wäre, und den Schnurrbart trug er herabhängend, was den Effekt seiner meist nach unten gezogenen Mundwinkel noch verstärkte. Er war schweigsam und steif, dabei, wenn man sich direkt an ihn wandte, so überfreundlich, dass es unnatürlich wirkte wie das Outrieren eines schlechten Schauspielers. Stets schien er auf etwas zu warten – ach, hätten wir doch geahnt, worauf er die ganze Zeit gewartet hatte. Als ich elf war, heiratete er eine Fürstentochter, mit der er verwandt war und die ihm etliche Kinder gebar, von denen etliche überlebten. Alle bekamen sieben Vornamen, die an verschiedene wichtige Ahnen erinnerten, manche hatten einen vertrauten, manche einen besonderen Klang. Maria, Erich oder Franziska drückten die Bodenständigkeit des Herrschergeschlechts aus, Leodgar, Berthilde oder Rosine seinen Glanz.

Nach dem Tod seines Vaters im Jahr 1836, als er im Alter von dreiunddreißig Jahren selbst Fürst und Altgraf wurde – man sagte von da an „der junge Altgraf" zu ihm, um ihn von dem Verblichenen zu unterscheiden –, setzte Hugo die Tradition fort, neue Entdeckungen zu Geld zu machen. So beschäftigte er sich mit Papier, das mit Silbersalzen bestrichen und dadurch sensibilisiert wurde. Legte man nun ein Farnblatt oder ein Stück feingeklöppelter Spitze darauf und das Ganze in die Sonne, wurde der Abdruck von Blatt oder Spitze als helle Zeichnung sichtbar, während der Rest des Papieres dunkel wurde. Es blieb unvermeidlich, dass durch den weiteren Lichteinfall die zauberhaften Abdrücke nach und nach eindunkelten und wieder verschwanden. Ein flüchtiges Vergnügen für Sommergesellschaften im Freien oder für Kinder, ein Spiel mit den Wundern der Natur – das Phänomen hatte kommerzielles Potential. Der junge Altgraf ging daran, das sensibilisierte Papier der privaten Einzelproduktion zu entheben, es in größeren Mengen herstellen zu lassen und in eleganten Läden zu verkaufen.

Es verwunderte mich, wie schnell alles ging: Wenig später war das Problem mit dem Nachdunkeln behoben, die Bilder auf fotosensiblem Papier konnten haltbar gemacht werden und der Weg für die Daguerreotypie war bereitet. Kaum hatte ich meine Pflanzen auf dem Silbersalzpapier wie einen perfekten negativen Scherenschnitt festgehalten und bedauert, diese nach einer Weile komplett dunkelgrauen Blätter nicht für mein Herbar verwenden zu können, stürmte auch schon Carl Schuh herbei und fertigte Pflanzenabbilder für mich an, die für die Ewigkeit hielten. Was für eine Auszeichnung war es, so mittendrin in dieser Weltentwicklung zu stehen! In dieser Zeit und mit diesen Menschen zu leben, teilzunehmen an der Suche nach allen Erklärungen, zu erleben, wie nach und nach die Rätsel der Natur gelöst wurden und nutzbar gemacht für die Menschheit. Manchmal erfasste mich ein Rausch und ich dachte, es würde immer nur aufwärts gehen, aufwärts und aufwärts, eine natürliche Bewegung zu Erkenntnis und Licht.

Kamacit, der. Substantiv, maskulin:

In Eisenmeteoriten sich bei sehr langsamer Abkühlung bildende Eisen-Nickel-Legierung, deren Kristalle im Anschliff als breite, dunkle Balken sichtbar sind.

Am 25. November 1833, im vierzehnten Lebensjahre, fand ich zu Gott. Zu dieser Zeit hatte Ottone begonnen, mich, die drei Jahre Ältere, mit ihrer musikalischen Begabung zu quälen. Natürlich hatte auch ich von Kind auf das Klavierspiel erlernt und ich mühte mich redlich, doch die kleine Schwester war mir mittlerweile haushoch überlegen. Je mehr ich meine Kunst zu verfeinern suchte – nun, da ich eine junge Dame wurde und bei den Abendunterhaltungen dringend reüssieren wollte –, desto mehr verspottete sie mich.

Es geschah nicht offen, sondern so, dass es außer mir keiner bemerkte, und wenn ich mich beklagte, sagten Missy und Agathe einhellig, ich bildete mir alles nur ein. Saß ich am Flügel und übte, spürte ich Ottones verächtlichen Blick auf mir, auch wenn sie so tat, als ob sie mit einer Zeichnung oder einem Brief oder dergleichen beschäftigt wäre. Agathe stickte meist etwas in einem runden Rahmen und Missy versuchte, sich auf ein Buch zu konzentrieren. Ich wusste, dass jeder falsche Ton von mir sie zusammenzucken ließ, dass ihr Blick im holprigen Rhythmus meines Spiels über die Zeilen flackerte und dass selbst die gute Agathe, die keineswegs überragend musikalisch war, still litt. Aber um mich zu verbessern, musste ich doch üben!

Wenn ich mich endlich seufzend erhob und den Klavierdeckel zufallen ließ, sprang Ottone auf und öffnete ihn wieder. Dann spielte sie genau dasselbe Stück, mit dem ich mich gerade geplagt hatte, in reinster Perfektion. Missy und Agathe atmeten auf, und auch wenn sie sich Mühe gaben, mir ihren Genuss nicht allzu deutlich zu zeigen, breitete sich ein Lächeln auf ihren Gesichtern aus.

„Sie macht das absichtlich!", sagte ich. „Um mich zu demütigen!" Dies wurde jedoch heftig bestritten und mir als der Älteren unwürdige Missgunst unterstellt. Doch ich gönnte Ottone ihr Talent, ich mochte es nur nicht, wenn sie mich vorführte oder heimlich peinigte. Wie konnte sie Freude daran finden, mir in unbeobachteten Momenten Schmähworte über meine Fingertechnik zuzuflüstern?

Von der tiefen Verbundenheit unserer frühen Kindheit war nicht mehr viel übrig – oder vielleicht war sie eben noch da und die Grundlage für unsere Feindschaft. Der alte Musikmeister Sykora war längst durch Spezialisten ersetzt worden, den französischen

Klavierlehrer Monsieur Récamier und die Gesangs-
lehrerin Mademoiselle Laske, die gerne einen
französischen Akzent fingierte, aber eigentlich aus
Czernowitz stammte. Bildete ich es mir ein, dass sie
Ottone mit größerem Respekt behandelten als mich?
Leuchteten wirklich ihre Augen auf, wenn sie die
Kleine sahen, und trübten sie sich bei meinem Anblick?
Oder lag es daran, dass Ottone mir triumphierende
Blicke zuwarf, die genau das auszudrücken schienen:
Siehst du, du Quälgeist für jedes musikalisch geschulte
Gehör, wie sehr sie mich lieben?

Der Druck baute sich in mir auf wie in einem der
frühen Holzverkohlungsöfen des Altgrafen, in denen
alles heißer und wilder und dampfender wurde mit
der Zeit, die Mauern Risse bekamen und die Rohre
zu schmelzen begannen. Ich wusste, mein Ärger war
absurd, Ottone war ein Kind, das eifersüchtig war,
weil ich mich dem Frausein näherte und zunehmend
zu gesellschaftlichen Anlässen mitgenommen wurde,
die ihr noch lange verschlossen sein würden. Konnte
ich nicht großzügig darüber hinwegsehen, dass sie
mich ihrerseits auszustechen suchte? Doch sie ver-
leidete mir das Klavierspiel, ich wurde schlechter und
schlechter darin, bald würde ich wieder so unbeholfen
sein wie mit fünf Jahren, als ich damit begonnen hatte.
Ottone wollte mein Erwachsenwerden aufhalten, die
Zeit zurückdrehen. Und ja, auch ich war eifersüchtig.
Selbst ihre Tonleitern klangen so schön, dass man
verzaubert lauschte.

Eines Tages saß ich wieder am Flügel, nachdem die Klavierstunde beendet war und Monsieur Récamier sich verabschiedet hatte. Ich wollte das Gelernte festigen, indem ich sofort weiterübte. Ottone schlenderte an den Fenstern entlang und sah auf den Schlosspark hinaus, eine ständige Irritation am Rand meines Blickfeldes, während ich versuchte, eine komplizierte Notation Chopins zu erfassen. Plötzlich spürte ich, wie sie ganz nah neben mir stand. Ich wusste, sie wollte mich lähmen, doch für die anderen im Raum sah es so aus, als wollte sie mir die Freundlichkeit erweisen, die Noten umzublättern. Während meine Finger sich weiterbewegten, blickte ich auf und in Ottones spöttisches, triumphierendes Gesicht. Wir wussten beide, dass sie den Chopin gleich in vollem Glanz aus dem Flügel zaubern würde wie den Dschinn aus Aladdins Wunderlampe.

Eine zornige Hitze durchfuhr mich, ich dachte nicht nach. Ich sprang auf und ohrfeigte sie. Drei Mal, mit der rechten Hand, Handfläche, Handrücken, Handfläche. Missy und Agathe schrien auf und eilten herbei. Ottone zögerte einen Moment und ließ sich dann wie eine Schmierenschauspielerin zu Boden fallen, wo sie zu wimmern und zu schluchzen begann.

„How could you? How could you?", rief Missy.

„Why can't she leave me alone?", rief ich.

Agathe, deren Erziehungsprinzipien nur äußerst selten und in höchster Not religiösen Charakter annahmen, war außer sich vor Entsetzen: „Es ist ein

Wunder, dass Gott der Herr nicht sofort den Himmel geöffnet und einen Blitz auf Euch herabgesandt hat, Fräulein Hermine!"

„Was für ein Unsinn!", schrie ich. „Wie hätte ein Blitz denn den Dachstuhl und das obere Stockwerk durchquert, um alleine mich zu treffen? Das halbe Schloss läge in Trümmern! Wäre ein Blitz hier auf mich gefahren, ihr wäret auch nicht unversehrt geblieben!"

Da sah ich Blut auf Ottones Wange. Mein Saphirring hatte einen langen Kratzer, wenn nicht Schnitt, hinterlassen, und die Reue kühlte mich ab. Dienerschaft eilte herbei, man bettete Ottone auf das Sofa, feuchte Kompressen und belebende Tinkturen wurden gebracht. Sollte man den Arzt rufen? Würde eine Narbe zurückbleiben, das arme Kind für immer entstellt sein?

Ich sagte: „Es tut mir so leid, Ottone", doch sie sah mich nicht an.

Meine Schwester sprach den ganzen Tag nicht mehr mit mir. Ich fühlte mich wie ein Monster. Abends ging ich hinaus in den Schlosspark, nur Dobra, eine unserer Hündinnen, kam mit mir. Wie Schloss Raitz hatte auch Schloss Blansko einen englischen Park mit mächtigen Bäumen, lauschigen Weihern und farblich aufeinander abgestimmten Gebüschgruppen, wenngleich er wesentlich kleiner war. Er war von einer hohen Mauer umgeben, sodass ich mich ohne Begleitung darin bewegen und das Alleinsein genießen durfte – im Grunde die einzige Möglichkeit, im Freien alleine zu sein, sich als Mensch in der Natur zu imaginieren, auch wenn die Natur eine gebändigte war.

Es war kalt, wenngleich der erste Schnee in den Tagen davor wieder weggeschmolzen war. Auf dem großen Teich formte sich Eis und begann die hineinhängenden Weidenzweige mit ihren leuchtend gelben Blättern zu umschließen. Wir mussten in Bewegung bleiben, Dobra und ich. So gingen wir rundum und rundum, hinauf und hinab, die Wege entlang oder quer über die Wiesen, während nach und nach die Farbe aus den Dingen wich. Am liebsten wäre ich weit in die Welt hinausspaziert, nicht eingeschlossen wie ein Bär in seinem Graben. Ich wollte erschöpft und müde werden, um schlafen zu können und die Mechanik des Nachdenkens nicht mehr zu spüren.

Da begann Dobra mit einem Mal ganz erbärmlich zu winseln, dann zu kläffen, zu winseln, zu kläffen, als ob sie sich nicht entscheiden könnte, ob sie Angst hatte oder etwas angreifen wollte. Ich versuchte zu erkennen, wohin ihr Blick gerichtet war, vielleicht in die Krone der uralten Blutbuche? Hatte sie dort ein Eichhörnchen entdeckt oder gar eine Wildkatze? Sah sie einen ungewöhnlichen Vogel am eingedunkelten Himmel? Bellte sie den nahezu vollen Mond an? Wie jeder Hund hatte Dobra eigene Jagdgeräusche und Spurlaute, deren Bedeutung ein vertrauter Mensch verstand, dieses verwirrte Gezeter aber hatte ich von ihr noch nie gehört. Zwischendurch verstummte sie und jagte kreiselnd ihren eigenen Schwanz, ein Zeichen äußerster Verstörung.

Und dann hörte auch ich es: ein Pfeifen oder Sausen, ähnlich dem Geräusch, das eine Weidenrute macht, wenn man sie schnell durch die Luft peitscht. Am Himmel erschien von Osten ein weißlicher Körper, der rasch größer und glühender wurde, den Mond überstrahlte und alles mit einem goldenen Licht übergoss. Lichtstreifen spritzten aus ihm heraus wie bei einem Feuerwerk, doch ohne Plan und Symmetrie. Dann stand eine gewaltige zuckende Feuermasse über Blansko, die das Auge blendete wie die Sonne und die Dinge beleuchtete wie der Tag.

Plötzlich verstand ich: Das alles hatte mit meinem Angriff auf Ottone zu tun, wie Agathe es prophezeit hatte. Es sei ein Wunder gewesen, hatte sie gesagt, dass Gott nicht gleich den Himmel geöffnet habe. Ergeben warf ich mich zu Boden und streckte mich auf dem Rücken aus, die Augen fest auf die Feuermassen gerichtet, die gleich auf mich herabfallen würden. Natürlich! Gott hatte gewartet, bis ich im Freien war, damit er mit seinem Strafblitz keinen Dachstuhl und keine Zimmerdecken durchstoßen musste! Das war der Moment, in dem ich zu Gott fand – allerdings nur vorübergehend, denn bald verlor ich mich wieder im Zweifel. Warum tat mir nichts weh? Warum blieb ich unversehrt? Warum hörte ich keine anklagende Richterstimme, die mir den Zweck der Höllenglut erklärte? War es wirklich wahrscheinlich, dass alleine für mich ein solcher himmlischer Aufwand getrieben wurde, den man bestimmt bis Schlesien und Ungarn sah?

Dobra hatte das Bellen aufgegeben und sich eng an meine Seite gepresst, ich konnte ihr heftiges Zittern spüren und legte den Arm um sie, um sie zu beruhigen. Wahrscheinlich glaubte das Tier an das Jüngste Gericht, ich jedoch hatte mein Weltvertrauen schon wiedergewonnen. Dann erlosch das Spektakel. Der Himmel war wieder dunkel, der Mond an derselben Stelle wie vor wenigen Minuten in vertrauter Blässe zu sehen. Und gerade, als Dobra und ich aufatmeten, brach der Lärm über uns herein. Der vertraute Anblick des Abends war nun erschüttert von einem Weltgericht der Geräusche. Es donnerte, dröhnte, polterte, trommelte, als ob das Wolkenland fest wäre, in Stücke bräche und auf uns herabprasselte.

Und dann war Stille. Wieder war nichts auf mich gefallen, wieder war ich verschont geblieben.

Aufgeregt rufende Stimmen näherten sich, unter denen ich die meiner kleinen Schwester erkannte, die „Hermine! Hermine! Hermine!" schrie.

Dann standen sie alle über mir: Missy, Agathe, etliche Dienstboten mit Laternen und Ottone, auf deren Wange ein weißes Pflaster schimmerte. Langsam richtete ich mich auf.

„Ah, du lebst", sagte Ottone trocken.

„Ja, ich bin auch verwundert", erwiderte ich.

Das unheimliche Ereignis hatte dazu geführt, dass Ottone wieder mit mir sprach. Ich erklärte ihr, sehr glücklich darüber zu sein, dass sie mich nicht tot sehen wollte.

„Nur weil du keine Koryphäe auf dem Fortepiano bist, musst du nicht gleich sterben", antwortete sie.

In der Tat schien alles recht unverhältnismäßig – ein alltäglicher Streit unter Schwestern und Feuerbälle wälzten sich über das Firmament? Agathe hatte ihre eigenen Sorgen, sie befürchtete nämlich, mit ihrem Heraufbeschwören eines göttlichen Eingriffes einen Fluch ausgesprochen und großes Unglück verursacht zu haben, obwohl es, soweit bekannt war, weder Tote, Verletzte noch Sachschäden gab. Doch was war es tatsächlich gewesen, was so viele Menschen gesehen und gehört hatten?

Die Eltern waren verreist, der Altgraf ebenso, man konnte sie nicht fragen. Reinhold befand sich in Berlin, wo er Chemie studierte. Die gelehrten Herren der Umgebung zogen noch Erkundigungen ein und wollten sich nicht voreilig auf eine These versteifen. Allein der Wundarzt Jablonicz war der Ansicht, dass es sich nur um einen Vulkanausbruch gehandelt haben konnte. Da sich der nächste bekannte Vulkan auf Sizilien befand, entwarf er die Theorie, dass einer unserer vertrauten Berge sein bisher verborgenes vulkanisches Inneres nach außen gekehrt hatte und zum mährischen Ätna geworden war.

Einige Tage später kamen die Eltern zurück. Agathes erstes Anliegen war zu berichten, wie es zu dem Pflaster auf Ottones Wange gekommen war. Doch mit Mutter war nicht zu sprechen, sie reiste gleich weiter zu einem Verwandtenbesuch, und auch Vater hatte wenig Sinn für häusliche Zwistigkeiten. Während Agathes sorgenvoller Darlegung meines Vergehens, der ich mit gesenktem Haupt beiwohnte, kostete es ihn sichtbar Mühe, sich dafür zu interessieren. Mit dem Kopf war er in den Wolken, über den Wolken, denn die Kunde von der faszinierenden Lichterscheinung am Blansker Himmel hatte ihn natürlich erreicht. Dort, wo er sich befunden hatte, an der böhmischen Grenze, war nur eine Art Blitz gesehen worden, und nicht einmal dieser Anblick war ihm vergönnt gewesen, da er sich gerade an einer hell erleuchteten Tafel beim Essen befunden hatte und nicht auf die Idee gekommen war, genau zum richtigen Zeitpunkt, kurz nach neunzehn Uhr, aus dem Fenster zu schauen.

Vater befahl mich in die Bibliothek zu einem Gespräch unter vier Augen. Ich kannte ihn gut genug, um zu ahnen, dass die strenge Miene, mit der er dies tat, nur vorgetäuscht war. Alle sollten denken, es ginge darum, mir für die unfreundliche Behandlung von Ottones Wange eine Strafpredigt zu halten. Kaum hatte er die Tür hinter uns geschlossen, setzte er sich an den Schreibtisch und griff zu Papier und Tintenzeug.

„Erzähl mir alles", sagte er, und ich wusste, dass es nicht um meinen kleinlichen Klavierneid, sondern um die bedeutenden Bewegungen himmlischer Materie ging. Ich schilderte ihm mein Erlebnis im Schlosspark, so genau ich konnte, die Anmeldung des Ereignisses durch Dobra, das sausende Gertengeräusch, die sich rasch vergrößernde weiße Kugel, die gleißendes Licht ausgoss und zum Feuermeer wurde, das Verschwinden des Mondes, das Zittern Dobras, die ausspritzenden Lichtstreifen, die wiederkehrende Dunkelheit und der daraufhin einsetzende apokalyptische Lärm, den ich einzuteilen und mit Vergleichen zu beschreiben versuchte: Kanonenschüsse, Donnergrollen, Gewehrfeuer, Hagelgeprassel. Immer wieder tauchte Vater die Feder ins Fässchen und schrieb und schrieb, mehrere Blätter voll, stellte Fragen, hakte nach oder ließ mich zwischendurch innehalten, um das von mir Beschriebene durch eigene Notizen zu ergänzen. Schließlich griff er zum Sandstreuer, schüttelte ihn zufrieden über die tintenglänzenden Blätter und legte sie übereinander.

„Papa", sagte ich, „denken Sie, es hatte etwas damit zu tun, dass Agathe einen göttlichen Strafblitz heraufbeschwor? Aber warum wurde ich dann nicht bestraft? Mir ist gar nichts geschehen!"

Ich wusste damals noch nicht, dass Vater zutiefst ungläubig war, hatte er sich doch Mutters Bitte gebeugt, diese Tatsache vor uns Kindern aus erzieherischen Gründen zu verbergen. („Friederike, Friedl", pflegte er zu sagen, wie er mir später erzählte, „wir können die Kinder doch nicht ewig im Gottesglauben lassen!" „Nur ein bisschen noch", antwortete sie dann.)

Vater lächelte und lehnte sich in seinem Stuhl zurück: „Betrachten wir doch einmal die Sache aus meiner Warte. Seit langer Zeit interessiere ich mich für Aerolithe, Steine also, die aus der Luft fallen ... Wenn wir davon ausgehen, dass es sich dabei tatsächlich immer um Gestein handelt und nicht in manchen Fällen auch um Eisen oder Stein-Eisen-Gemische ... Die Bezeichnung Meteorit wäre vielleicht passender, *metéōros*, hoch in der Luft im Altgriechischen, ohne nähere Definition der Zusammensetzung, man könnte dann Meteorstein sagen oder Meteoreisen, je nachdem ..." Vater hatte die Neigung abzuschweifen, und ich hatte Geduld.

„Wie dem auch sei", hob er wieder an, „zweifellos gehört es seit jeher zu meinen größten Wünschen, Zeuge eines solchen, doch sehr seltenen, Meteorfalles zu werden. Und nun kommt so ein rarer Himmelsbesucher genau über den Ort, in dem ich meinen Wohnsitz habe, und geht in unmittelbarer Nähe nieder – wir führen gerade Befragungen durch, um die Fallstelle zu ermitteln, die wohl irgendwo im tiefen Wald liegen muss, was für uns alle ein großes Glück ist. Man stelle sich vor, die Trümmer wären ins Schloss, die Stadt oder in eines unserer Werke eingeschlagen. Gott erfüllt mir also den Wunsch, Zeuge eines Meteoritenfalles zu werden, und verschont dabei fürsorglich nicht nur meine Lieben und mein Eigentum, sondern auch alle anderen Menschen. Und gleichzeitig ..." Vater sprang auf und ging zum Fenster, als könnte er die innere Unruhe durch den Blick hinaus ableiten. „Gleichzeitig lässt Gott mich nicht da sein und gönnt mir den Anblick seines Wunderwerks nicht!"

„Ich wünschte, ich könnte Ihnen meinen Anblick des Wunderwerks schenken!", rief ich.

Vater schmunzelte. „Das hast du gewissermaßen getan, Hermine. Dein Bericht ist überaus wertvoll für mich. Worauf ich aber hinauswill, ist die Frage, ob Gott wirklich so genau an jeden Einzelnen von uns denkt, oder denken kann, denn ist es überhaupt möglich, für die Hunderten von Menschen, die den Meteoriten gesehen haben, eine eigene Bedeutung desselben zu finden? Strafe, Belohnung, Warnung, Erleuchtung, was auch immer? Ein Ereignis und hunderte Bedeutungen, die die Leute hineinrätseln."

„Ich kann mich also herausrätseln?", fragte ich.

„Herausrätseln ja, aber herauswinden nicht, du Schelm. Schlag deine Schwester nie wieder, hörst du?", sagte Vater.

In den folgenden Tagen summte das Schloss von vielen Besuchern, denn Vater hatte dazu aufgerufen, dass sich jeder melden möge, der etwas zu dem außergewöhnlichen Himmelsereignis zu sagen habe, und die Leute kamen von nah und fern. Meine Beobachtung, dass der

Meteorit von Ost nach West über Blansko gezogen war, wurde bestätigt. Zwei Menschen waren vor Schreck gestorben: Ein Mann stürzte vom Dachfirst, auf dem er gerade, das Mondlicht nutzend, Schindeln befestigt hatte. Eine Frau wurde vom Schlag gerührt und tot in ihrem Vorgarten gefunden. Es gab etliche Verletzte durch scheuende oder durchgehende Pferde, Wägen, die von der Chaussee in den Straßengraben gekippt, Reiter, die abgeworfen, und Stallknechte, die niedergetrampelt worden waren.

Das Rätsel, wo die Himmelskörper gelandet waren, lüftete sich jedoch erst, als man eines Mannes habhaft wurde, der der Impresario einer fahrenden Schauspielertruppe war, die am fraglichen Abend im tiefen Wald ihr Lager aufgeschlagen hatte. Der Mann, der eigentlich noch ein Bürschchen war und sich wohl mit Walnusssud die Haare und den gezwirbelten Schnurrbart dunkel gefärbt hatte, um sich ein düsteres und gewichtiges Aussehen zu verleihen, erzählte Folgendes:

Um das von ihm selbst verfasste Stück „Die Liebenden von Hoovengaard oder Karfunkelstein und Doppelschuss" in Ruhe proben zu können, hatte man sich fern von jeder menschlichen Behausung in die Wildnis begeben. Auf einer Lichtung hatte man die klapprigen Planwägen im Kreis aufgestellt, in dessen Mitte man ein großes Feuer entzündete. Nachdem man einen großen Kessel mit Maisbrei zubereitet und verzehrt hatte, ging man daran, sich die einsetzende Nachtkälte mit Branntwein und Rezitationen, Extempores und Couplets zu vertreiben. Gerade als die grandiose Mimi Mandor und der begnadete Alphonse Achilleus begonnen hatten, begleitet von Fiedel und Akkordeon die ergreifende Kanzonette „Sentimi idol mio" im Duett vorzutragen, geschah etwas Unerhörtes: Plötzlich stießen sie Schreie aus statt kristallklarer Töne, die Musikanten ließen die Instrumente fallen und schrien mit, ein lautes Prasseln erklang und schon trafen die Steine auch jene Mitglieder der Truppe, die das Publikum bildeten. Große, schwere, furchtbare Steine wurden aus dem Walddunkel heraus auf die hilflosen Künstler geschleudert, die Wachhunde randalierten, die Glücksziege meckerte, die Klepper wieherten auf, man versuchte sich unter den Wagen zu verstecken – die Täter jedoch blieben unsichtbar. Als der ohrenbetäubende, unbarmherzige Beschuss nach einigen Minuten ebenso plötzlich vorbei war, wie er begonnen hatte, durchsuchte man das umgebende Waldstück, jedoch ohne Erfolg. Die Halunken hatten sich rechtzeitig davongemacht und entgingen so ihrer gerechten Strafe.

Anderntags begab sich der Impresario zum Blansker Bürgermeister, um Beschwerde über die bösartige Attacke zu führen. Dieser konnte sich die ganze Sache nicht erklären, denn die Leute waren gemeinhin freundlich zu fahrendem Volk, das ihnen Unterhaltung und Abwechslung brachte. Ob denn ein Schaden entstanden sei?, fragte er.

Allerdings, erwiderte der Impresario, einer der Planwagen sei samt seinem Inhalt schwer beschädigt worden, Gundel, die Glücksziege, die auch Auftritte als Zug-, Reit- oder mythologisches Tier auf der Bühne absolviere, habe eine furchtbare Kopfverletzung erlitten und, was das Schlimmste sei, die Primaballerina habe ein Stein am Knie getroffen, sodass sie nun auf Krücken gehe und womöglich nie wieder würde tanzen können.

Der Bürgermeister verlangte Beweise und so wurden ihm in der Folge einige Scherben, Fetzen und zersplitterte Planken gebracht sowie eine Ziege mit einem dicken Kopfverband, die davon abgesehen aber ganz vergnügt wirkte, und ein außerordentlich hübsches junges Mädchen, das einen ebenso dicken Verband am Knie trug und mit viel Seufzen und Augenrollen auf Krücken einherhumpelte. Obwohl der Bürgermeister den Verdacht hatte, dass Ziege und Tänzerin unter ihren Verbänden vielleicht nicht ganz so arg geschädigt waren wie behauptet, sprach er dem Impresario eine geringfügige Summe als Abfindung für sein Ungemach zu und entließ ihn.

Tage später berichtete der Bürgermeister Vater von dem merkwürdigen Steinangriff, und dieser ließ sofort nach der Truppe suchen, die bereits kurz vor Teschen angelangt war, wo man auf freundlichere Aufnahme hoffte als in Blansko. Vater ließ sie mit dem

Versprechen eines mehrtägigen Gastspiels in der Reichenbach'schen Festscheune samt Kost für Mensch und Tier zurücklocken und gelangte so endlich an die genaue Lagebeschreibung des Meteoritenfalles.

„Die Liebenden von Hoovengaard oder Karfunkelstein und Doppelschuss" wurde mit großem Erfolg aufgeführt, vom weiten Umkreis kamen die Leute, nur Ottone und ich durften das Stück nicht sehen, da sein Inhalt, wie man uns sagte, aufgrund seiner Derbheit für uns nicht geeignet sei. Als Entschädigung bekamen wir eine musikalische Darbietung von Mimi Mandor und Alphonse Achilleus im Schloss, und auch die vollkommen wiederhergestellte Glücksziege Gundel durften wir streicheln.

Indessen hatte Vater sein eigenes Vergnügen. Nachdem er durch die Befragung des Impresarios den Bereich des Meteoritenfalles recht genau auf das Gebirge westlich von Blansko eingrenzen hatte können, beschloss er, nach den außerirdischen Steinen zu suchen. Am ersten Tag ging er mit fünfundzwanzig Mann und fand gleich zwei die Magnetnadel ablenkende und nach Schwefelwasserstoff riechende Aerolithe. Am dritten Tag ging er mit siebenundsechzig Mann und am achten Tag mit einhundertundzwanzig Mann, sodass die Wälder nur so wimmelten von Leuten, die tief gebückt und den Blick fest auf den Boden geheftet nach dem Weltraumschatz jagten. Einige der Steine wurden an- oder aufgeschnitten, geschliffen und poliert, andere im Labor mit Säuren traktiert und analysiert. Schnitt man einen Kanten aus so einem Stein heraus, sah er aus wie ein Laib Käse, innen hell und außen dunkel. Dies lag daran, dass er von einer schlackenhaltigen, fettig glänzenden Rinde bedeckt war, die entstand, wenn der Meteor sich beim Eintritt in die Erdatmosphäre erhitzte und seine Oberfläche glühend zerschmolz. Ich nannte die Aerolithe daher „Käsesteine" – eine Bezeichnung, die, wie ich leider feststellen musste, außerhalb des engsten Familienkreises keine Verbreitung fand. Schön waren sie nicht, die Weltallbrocken, eher seltsam, wenig geeignet als Schmuck und Dekor. Auf einen eleganten Sockel gestellt, konnten sie dennoch Staunen erregen.

„Alles kommt aus dem Weltenraum", sagte Vater, „alle Stoffe, die es auf der Erde gibt, gibt es auch dort oben. Wir sind verbunden mit den Sternen und die Sterne mit uns." Er erklärte, dass auch die Astrologen dasselbe sagten, es aber ganz anders meinten. Der Astrologe spreche von unerklärlichen Einflüssen der Gestirne auf das Liebesleben und finanzielle Glück der Menschen, er jedoch spreche von handfester Materie: Kieselerde, Talkerde, Schwefel, Nickel und Eisen.

Doch nicht nur Vater, alle Blansker waren von dem Ereignis begeistert, das aufsehenerregende Eindrücke und bedeutsame wissenschaftliche Funde hinterlassen hatte. Ein neues Wirtshaus wurde zum Gedenken errichtet, das den Namen „Zum Meteorstein" erhielt.

Lurch, der. Substantiv, maskulin:
Konglomerat aus Hautschuppen, Textilfasern, Rußparti-
keln, Erdkrümeln, tierischen und menschlichen Haaren,
Flöhen, Wanzen und anderen Kleinstlebewesen, Knochen-
fragmenten, Muschelstaub, Blütenpollen, Asche, Säge-
mehl und Glimmer, die sich lose zu einem Amphibium
verbinden, das unter Möbelstücken haust.

1835 starb Mutter, im Jahr darauf der Altgraf und
wieder ein Jahr später Großvater, Vaters Vater. Der
Trauer konnte nur Widerstand geleistet werden,
indem man weitermachte. Fleißiger, arbeitsamer,
kühner als zuvor. Im Bewusstsein seiner Endlichkeit,
carpe diem, memento mori. Jedes Mal, wenn Vater
sich von einem Schlag wieder ein wenig aufgerichtet
hatte, folgte der nächste.

Im Juli 1834, als Mutter einen ersten Krank-
heitsschub erlebte, erwarb er die Herrschaft Nisko
in Galizien. Noch im Jahr ihres Todes führte er die
Blansker Werke zu ihrem bis dahin größten Erfolg:
Auf der ersten allgemeinen österreichischen Gewerbe-
und Industrieausstellung erhielten sie die Goldmedaille, und Vater erwarb das Schloss Cobenzl bei

Wien. Im Todesjahr des Altgrafen wurde den Blansker Werken auf der zweiten allgemeinen österreichischen Gewerbe- und Industrieausstellung wiederum die Goldmedaille verliehen und Vater erwarb die Herrschaft Gutenbrunn in Niederösterreich. Im Jahr von Großvaters Tod eröffnete Vater die größte Zuckerfabrik Europas in Raitz und holte seinen Bruder Ludwig Viktor Emil aus Stuttgart, um ihn mit der Leitung derselben zu betrauen. Während die ihm nahestehenden Menschen weniger wurden, mehrten sich Vaters Ländereien und der Ruhm der Blansker Großfrischfeuer mit englischen Zylinderkästen und Wassertonnengebläsen. Die Räder drehten sich, die Kessel brodelten, das Vermögen wuchs.

„Sanft entschlafen" sagte man, wenn jemand gestorben war, „nach langer Krankheit sanft entschlafen" stand auf den Parten, doch wir hielten nichts davon, wir mussten uns nach Mutters Tod zurückhalten, um nicht zu schreiben: „Friederike Louise Reichenbach starb unter apokalyptischen Schmerzen, die sich durch den Schleier des Morphiums durchbohrten, und am Ende krampfte und würgte sie, dass es wie ein Ersticken aussah."

Dies hatte Ottone miterleben müssen. Mitte September 1834 war sie mit den Eltern zur jährlichen Versammlung der Gesellschaft Deutscher Naturforscher nach Stuttgart gereist, als Mutter regelrecht zusammenbrach. Im Dezember musste Vater heim nach Blansko, und Ottone blieb allein im Haus der Großeltern mütterlicherseits zurück, um bei der Pflege der Dahinsiechenden zu helfen. Im März des darauffolgenden Jahres reiste ich nach Stuttgart, die Hoffnung auf Mutters Genesung hatte mich im Gegensatz zu Vater verlassen. Ihr Anblick bestätigte meine Befürchtungen ebenso wie die Auskunft der Ärzte, wenngleich Mutters Eltern alles schönredeten und uns beschworen, die Hoffnung niemals aufzugeben. Nach meiner Rückkehr berichtete ich Vater von meinen Eindrücken, er ließ das Wunschbild von seiner täglich kräftiger werdenden Frau fahren, wurde aber noch in Blansko festgehalten, und am 1. Mai starb sie, ohne dass er sie wiedergesehen hatte. Ottone kehrte bleich und abgezehrt zurück, die Schatten unter ihren Augen waren fast so schwarz wie ihr Kleid. Als die Großeltern Mutters Grabstein in Auftrag gaben und uns fragten, ob wir mit der Inschrift „Sanft entschlafen" einverstanden wären, sagten wir einhellig nein.

Schuld am Tod des Altgrafen war nach Vaters Überzeugung Dr. Samuel Hahnemann. Dieser Meißener Arzt hatte eine pharmakologische Methode erfunden, bei der er Gifte so stark verdünnte, dass sie in der Dilution nicht mehr nachgewiesen werden konnten. Es bliebe aber, behauptete er, ein immaterieller Geist des Wirkstoffes erhalten. Dieselben Symptome, die das Gift auslöste, konnten nun mit dem Geist des Giftes geheilt werden. Das Prinzip nannte er *similia similibus curentur* – Ähnliches möge durch Ähnliches geheilt werden –, die Methode „Homöopathie".

In der Praxis verdünnte er hauptsächlich Pflanzen-stoffe, vereinzelt auch Mineralien oder tierische Substanzen wie Schlangen- oder Skorpiongift so lange mit Alkohol, bis sie verschwunden waren, und benetzte mit der solchermaßen „imprägnierten" Flüssigkeit winzige Streukügelchen aus Zucker, die er „Globuli" nannte.

Einmal wurde Vater, der sich zeit seines Lebens robustester Gesundheit erfreute und daher Beein-trächtigungen nicht lange ertrug, von lästigen Ver-dauungsbeschwerden gepeinigt. Der Altgraf hatte ihm viel Wundersames über die Hahnemann'sche Heilmethode erzählt, auch gefiel ihm der Gedanke, der dahinterstand – die Verwendung von ent-schärftem Gift als Gegengift –, und so war er be-reit, die ungewöhnliche Therapie an sich selbst auf ihre Tauglichkeit hin zu überprüfen. Er schrieb Dr. Hahnemann nach Leipzig, wo dieser mittlerweile wirkte, und schilderte ihm die Einzelheiten seines Leidens. Der Arzt erklärte sich gerne zu einer Fern-behandlung bereit, schickte Globuli, Anweisungen und seine Honorarforderung. Nachdem Vater das Medikament nach Vorschrift eingenommen hatte, verschlechterten sich die Symptome. Dr. Hahnemann erklärte daraufhin, das sei ganz normal, es handle sich dabei um eine Anpassungsreaktion des Körpers, die er „homöopathische Erstverschlimmerung" nenne und die zeige, dass das Medikament wirke. Vater solle nur tüchtig weiterhin die Globuli am Gaumen schmelzen lassen. Dieser jedoch gab die Zuckerkügelchen der Köchin, damit sie Kuchen daraus mache, und war wenige Tage später geheilt.

So endete die Geschichte damit, dass Vater zu einem erbitterten Gegner der Homöopathie wurde, die er fortan einen Irrglauben nannte. Als Mann der Wissenschaft stand er nicht an zuzugeben, sich im Befürworten dieser Methode selbst geirrt zu haben. Er hielt es nun für vollkommen absurd, dass den Streukügelchen, die laut chemischer Analyse ausschließlich aus Saccharose bestanden, irgendeine geheimnisvolle Kraft innewohnen sollte, sei es nun die von Arsen oder einer zermalmten Honigbiene oder von frisch gebranntem Kalk, der mit schwefelsaurem Kalium gemischt worden war. Ein solcher Geist der Wirkstoffe konnte nichts anderes als ein Traum sein, eine Behauptung, ein Nichts. Als Hahnemann mit Milchzucker experimentierte, meinte Vater, nun extrahiere er wohl auch noch den Geist der Kuh.

Den Altgrafen jedoch konnte er nicht bekehren. Ebenso wie seine Gemahlin Marie schwor dieser auf den alkoholbenetzten Zucker, in dem Giftgeister gefangen sein sollten. Beide waren sie schon lange leidend und ließen keine anderen Ärzte an sich heran. Er wurde von anfallsartigen fürchterlichen Schmerzen gepeinigt, von Krämpfen, Atemnot und kaltem Schweiß. Sie litt an Schwäche, Sehstörungen und Gewichtsverlust. Vater beschwor seinen alten Freund und Gönner nun in vielen Unterredungen und Briefen, doch Vernunft anzunehmen und eine richtige Kur zu beginnen, denn eine homöopathische Behandlung sei dasselbe wie gar keine Behandlung. Genauso gut könne man beten, die Trommel schlagen oder Räucherwerk abbrennen. Vater mahnte und flehte und warnte vor dem Zeitverlust, der durch das ungehinderte Fortschreiten der Krankheit entstand. Doch es half alles nichts. In ungebrochener Treue zu Dr. Hahnemann starb der Fürst und Altgraf Hugo Franz zu Salm-Reifferscheidt-Krautheim in Wien an Brustwassersucht, drei Wochen später folgte ihm seine Gattin durch schleichendes Nervenfieber nach.

Mutter jedoch hatten auch die richtigen Ärzte und die richtigen Kuren nicht helfen können. Von Herzmuskel, Aorta und Leber war die Rede, lange siechte sie dahin. Als junger Mann von zweiundzwanzig Jahren hatte Vater Friederike Louise Erhard, die Tochter eines angesehenen Stuttgarter Verlagsbuchhändlers, geheiratet. Auch wenn sie eine hohe Mitgift in die Ehe mitgebracht hatte, die für einen anderen Mann durchaus einen alleinigen Heiratsgrund darstellen hätte können, bin ich doch sicher, dass Vater sie aus Liebe gewählt hatte. Dass es für sie eine Liebesheirat war, stand fest, denn Vater war zwar zweifellos vielversprechend und interessant, aber doch ein armer Schlucker, und Mutters Eltern mussten wohl durch sehr viel Glauben an eine goldene Zukunft von dieser Verbindung überzeugt werden. Sie hatten es nicht bereut.

Alle Kinder wünschen sich, dass ihre Eltern das innigste Liebespaar sind seit Romeo und Julia, Tristan und Isolde und Philemon und Baucis, auch wenn eine eisige Kälte zwischen ihnen herrscht oder hitzige Auseinandersetzungen stattfinden. Letzteres vermag das Kind sich gar als Auswuchs einer besonders großen und leidenschaftlichen Liebe zu erklären. Unsere Eltern lebten sehr ruhig miteinander, es gab eine Wärme des Einverständnisses zwischen ihnen, in der auch wir Kinder aufgehoben waren. Ab und zu flog ein Lächeln vom einen zum andern, das dann zurückgeschickt wurde, ein Blick, eine Geste, die der andere verstand.

Nach ihrem Tod schien Vater das Interesse am anderen Geschlecht verloren zu haben. Zwar gab es nicht wenige Mütter, die den wohlhabenden Witwer mit ihren aufgeputzten Töchtern näher bekannt zu machen suchten, doch er biss, wie man sagt, nie an. Seine Leidenschaften hießen Arbeit, Wissenschaft, Erfolg.

Später, als er mit der Od-Forschung begonnen hatte, gab es immer wieder Gemunkel, weil er mit jungen Damen wie Fräulein Leopoldine Reichel verkehrte und mit ihnen viele Stunden in seiner Dunkelkammer verbrachte, doch sorgte Vater dafür, dass immer jemand dabei war, ich oder Fräulein Ida, andere Sensitive oder interessierte Gäste, nicht eine

Sekunde verbrachte er noch mit der hübschesten Sensitiven allein. Es stimmte zwar, dass viele der durch Krankheit Sensibilisierten junge Frauen waren, doch befanden sich darunter auch ganz andere Typen, ein alter Matrose etwa, ein einfacher Fayencenkrämer, ein pockennarbiger Advokat. Vor allem aber – und auf die Anerkennung dieser Tatsache legte Vater Wert – befanden sich hochrangige, kritische und unbeeinflussbare Persönlichkeiten unter seinen rund einhundert Sensitiven. Zu ihnen gehörten der Botaniker Endlicher, der Weltreisende Kotschy oder Doktor Johann Natterer, jener Arzt, dem es gemeinsam mit seinem Bruder Joseph gelungen war, durch die Verwendung von Brom, Chlor und Jod die Empfindlichkeit fotografischer Platten so weit zu steigern, dass die Belichtungszeit auf eine Sekunde reduziert werden konnte. „Sekundenbilder" nannten sie ihre Aufnahmen, für die niemand zwanzig Minuten lang versteinert stillhalten musste und auf denen man ganze Fronleichnamsprozessionen erkennen konnte. Ein Mann, der mit einem künstlichen Auge den von diesem wahrgenommenen Augen-Blick für immer festhalten konnte, war zweifellos eine glaubwürdige Quelle, wenn es darum ging, mit physischen Augen das die Magneten und Kristalle umschwebende Odlicht zu sehen.

Ich denke, dass Vater auch deshalb ganz gerne auf Schloss Cobenzl lebte, da Mutter es nie betreten hatte. Natürlich hing ihr Porträt in der Bibliothek, wo er seinen Schreibtisch hatte und es aufblickend betrachten konnte, es gab Erinnerungs- und Erbstücke, jedoch musste man niemals dort gehen, wo sie einst gegangen war.

Der Haushalt wurde von Ida Zitterer geführt, die dies nicht, wie wir es von den Haushälterinnen in Blansko gewohnt waren, still und im Hintergrund tat, sondern ihr Wirken wortreich erklärte. Wichtig waren: der Speisezettel, die Sauberkeit, die Schonung und Pflege der Möbel, das Einheizen, das sparsame Wirtschaften, die Ordnung, die Regelmäßigkeit, das Aufbetten, das Auftischen. Glänzende Böden, poliertes Silber, Ecken ohne Spinnweben, Schränke ohne Staub, Portieren mit perfektem Faltenwurf, aber ohne Knitter, Lampen ohne Ruß, es war ein ständiger Kampf. Sie wollte über alles informiert sein und alles ergründen und ihre Herrschaft über ihre diesbezüglichen Gedankengänge auf dem Laufenden halten. Wer hatte den verschütteten Tee auf dem Tischchen nicht abgewischt und wer hatte die Tapetentür zur Dienstbotentreppe offen gelassen? Wer hatte den Guglhupf ungeschützt abkühlen lassen, sodass die Katze daran fraß, und wer, wer hatte die ganzen Kerzen gestohlen? Ihre Ziele waren Behaglichkeit, Komfort, Vorzeigbarkeit, Bratenduft, Glanz, Hirschköpfe an den Wänden, die so frisch aussahen, als hätten die Tiere gestern noch vor dem Schloss geäst. „Niemals ruhen" war ihr Motto, denn: „Wer nicht ruht, der schläft gut." Und doch blieben all diese Ideale für sie – und auch uns – ein ewiger Traum. Sobald sie ein Eck des Schlosses unter Kontrolle gebracht hatte, war jenseits desselben bereits alles wieder verstaubt, verspinnwebt, verrußt, zerkratzt, zerknittert und befleckt. Die Mäuse liefen herum und hinterließen ihre Ausscheidungen, die Spiegel wurden blind, die Tapeten lösten sich, und wenn man auf die Teppiche trat, knirschte es von allem, was darunter gekehrt worden war. Asche flog aus den Kaminen, Vorhänge zerrissen, Porzellan zersprang, das Fleisch war zäh und die Butter ranzig, Blumen faulten in den Vasen und verbreiteten Gestank. Schuld waren das Personal, Tage, die nur vierundzwanzig Stunden hatten, und die unvermeidlichen Verfallsprozesse eines jeden viel zu großen Haushalts, in dem Fräulein Ida wie Sisyphos jeden Morgen wieder mit dem Stemmen des Felsblocks begann.

Es gab mehrere Zimmer im Schloss, die allein dazu da waren, all die Möbel, Gerätschaften und Gegenstände zu beherbergen, die kaputt oder unbrauchbar geworden waren. Dort warteten sie und wurden monatelang nicht besucht, sah man aber nach ihnen, waren sie noch kaputter und unbrauchbarer geworden. In der Decke tickte der Holzwurm, die Uhren jedoch blieben stehen.

Das Schlimmste war der Lurch, jenes unter Kanapees und Kommoden wohnende Tier, das wie Wolle aussah oder wie Gewölle, der unverdauliche Mausbalg, den ein Raubvogel hochgewürgt und ausgespien hatte. Der Lurch lief, von Luftzügen bewegt, über den schönen Parkettboden und gesellte sich zu den Mäusen, nur mit dem Unterschied, dass er nie in eine Falle ging und dass alles, was er fraß – Fäden und Fasern und Erdkrümel und Splitter von Katzenkrallen –, ihn umgehend fetter machte wie eine Pythonschlange, die das Schwein als Ganzes verschluckt. Wo der Lurch herumlief, hatte alles versagt, die Stubenmädchen und ihre Maßnahmen und leider auch die Aufsicht über dieselben. Wenn die Dienstboten versagten, fiel es auf Fräulein Ida zurück, und wenn sie schon selbst keine Ehre im Leib hatten, hätten sie doch wenigstens Fräulein Idas Ehre im Auge behalten können!

Immer, wenn sie einem etwas abschlug, sagte sie ein vorbeugendes „Ned bös sein" dazu, etwa: „Ned bös sein, aber für heute Abend werde ich keine Wachteln auftreiben können" oder „Ned bös sein, es wird sich leider nicht ausgehen, die Fenster im Saal noch diese Woche putzen zu lassen." Anfangs dachte ich, dies wäre eine Spezialität von ihr, doch schon bald entdeckte ich, dass das alle Wiener machten. „Ned bös sein, aber ich kann keine Fuhr' mehr übernehmen, meine Rösser müssen gefüttert werden", sagte der Fiaker. „Ned bös sein", sagte wohl der Kaiser zu hohen Petenten, „aber ein Entsatzheer können wir nicht schicken bei all den Wickeln, dir wir grad selber haben."

Ich denke, dass Fräulein Ida sich oft mehr in der Theorie um das Hauswesen kümmerte als in der Praxis. Zumindest schien sie durchaus viel Zeit auf Schönheitspflege zu verwenden. Sie hatte prachtvolles silbernes Haar, das sie in Knoten trug, die schlicht wirken sollten, aber viel Mühe kosteten. Die Nägel an ihren langen, eleganten Fingern waren stets sorgfältig geschnitten, gefeilt und poliert, ihre Garderobe war unauffällig und über Modetorheiten erhaben, aber jede einzelne Spitze an ihrem Kragen stand habt acht.

Wir sahen es ihr nach, denn im Großen und Ganzen lebten wir doch recht zufrieden, und vor allem konnten Ottone und ich uns anderen Dingen widmen als dem Haushalt, denn Fräulein Ida verstand, dass wir nur in äußersten Notfällen konsultiert zu werden wünschten. Auch Vater hatte nicht zu klagen. Sie wusste, dass er Kälte gut vertrug, aber nicht beim Schlafen, und im Winter einen heißen Ziegel im Bett brauchte, dass er einfache Gerichte liebte, wie sie die Dienstboten aßen, Rahmsuppe mit Erdäpfeln etwa oder mit Reis gefüllte Krautwickel, die Haluschken genannt wurden, dass er Wein und geistige Getränke als Medizin für Humbug hielt, dass man die Hunde freundlich behandeln musste in seiner Gegenwart, da er den Verdacht hatte, dass sie doch viel klüger waren als gemeinhin angenommen. Fräulein Ida war in jeder Hinsicht tolerant, das Einzige, worauf sie bestand, war, dass Vater aß, auch wenn er keinen Appetit hatte, und das war durchaus zu seinem Besten, denn er hatte einen Hang zur Klapprigkeit und musste aufpassen, nicht irgendwann in seiner Bibliothek zu sitzen wie die Holzskelette in jener des Altgrafen.

Manchmal schlenderten sie gemeinsam durch den Park wie ein altes Ehepaar und unterhielten sich, sodass man den Verdacht hatte, dass Ida Zitterer doch viel klüger war als gemeinhin angenommen.

Dass mehr zwischen ihnen sein könnte als Kameradschaft, habe ich nie gedacht, denn Fräulein Ida trauerte um ihren Bräutigam, einen Offizier, der bei der Schlacht von Aspern geblieben war, so wie Vater um Mutter trauerte, und wenn sie etwas gemeinsam hatten, dann war es wohl der Pakt, den Verstorbenen bis zum eigenen Tod die Treue zu halten.

„Der Tod verbindet mehr, als es das Leben jemals getan hätte", sagte Ottone einmal ironisch über Fräulein Ida und andere Frauen, die auf die Wiedervereinigung mit einem Verstorbenen im Jenseits hofften. Diese überirdische Treue, meinte sie, sei vielleicht auch ein probates Mittel, sich den banalen Erfordernissen einer diesseitigen Ehe zu entziehen. Für einen Mann dagegen gab es im Normalfall wenig Grund, sich zu entziehen, er gewann durch die Ehe nicht einen neuen Herren, sondern Vorteile, und wurde banaler Erfordernisse enthoben.

Es hieß, dass Ida Zitterer aus einer wohlhabenden Familie stammte, die herabgekommen war, und da sie nicht geheiratet hatte, musste sie sich nun als Haushälterin verdingen. Manchmal fragte ich mich, ob es mir ebenso ergehen würde, sollte meine Familie herabkommen und ich unverheiratet bleiben.

Es gab eine Zeit, wo ich in den jungen Altgrafen heimlich verliebt war. Ich war neunzehn und er fünfunddreißig, als es begann, wir waren also beide nach den

Maßstäben für unser jeweiliges Geschlecht in den allerbesten Jahren. „Hugo" nannte ich ihn insgeheim, „meinen Hugo", das flüsterte ich im Kopf, wenn ich ihn sah, und noch viel mehr, wenn er fern war. Dann konnte ich schmachten und mich danach sehnen, ihn wiederzusehen, einige Worte mit ihm zu wechseln, in seinem Dunstkreis zu stehen. In der Wirklichkeit knickste ich vor ihm und sagte: „Durchlaucht".

Vielleicht liebte ich ihn ja nur, weil er so düster war, denn in allen Mädchenträumen sind die Männer düster und werden dann hell durch die wahre Liebe, während man selten von einem Mann hört, der von einem düsteren Mädchen träumt. Der Mann muss sich verwandeln, er muss erst ein Frosch sein wie bei den Brüdern Grimm oder ein Tier mit einem Elefantenrüssel wie in „La Belle et la Bête", und durch die Liebe vom bösen Zauber befreit werden, sodass er sein wahres Wesen zeigen und ein edler Prinz sein kann. Das schöne Mädchen dagegen muss immer ein schönes Mädchen sein, es verwandelt sich nicht und hätte auch wenig Hoffnung, unter Borstenhaaren und schrecklichem Benehmen von einem Jüngling in seinem edlen Kern erkannt zu werden.

Hugo jedenfalls hatte etwas so Trauriges in seinem Blick und eine so vorwurfsvolle Art zu sprechen, dass er schon allein dadurch bewirkte, dass jeder um ihn herumtänzelte wie um ein seltenes, dünnschaliges rohes Ei. Ich verstand ihn. Er war in die gewaltigen Fußstapfen seines Vaters getreten und musste darin umhergehen, während seine Füße erst wuchsen, er hatte viele Pflichten und Sorgen. Ich malte mir aus, wie ich ihn in einen heiteren, vertrauensvollen Menschen verwandeln würde, wenn ich meine Liebe nur offen zeigen könnte. Seine Augen würden funkeln vor Freude, vor allem bei meinem Anblick, und vielleicht geschah das ja auch schon ein bisschen – war da nicht ein winziges Lächeln unter seinem hängenden Schnauzbart zu sehen?

Es war eine wunderbare, da sehr sichere Liebe. Sicher war, dass nie etwas daraus werden würde oder jemals werden hätte können. Zum einen war der junge Fürst und Altgraf bereits verheiratet, seine Frau war robust wie eine Bergziege und brachte jedes Jahr ohne Probleme einen weiteren Nachkommen zur Welt, es war daher nicht zu erwarten, dass sie allzu bald das Zeitliche segnen könnte, eher würde sie eine von diesen hochherrschaftlichen Witwen werden, die ihren Gemahl um Jahrzehnte überlebten. Doch selbst, wenn Hugo noch unverheiratet gewesen wäre, wäre eine Heirat mit mir niemals in Frage gekommen – er war von fürstlichem Geblüt und ich von bürgerlichem Normalblut. Meine Großeltern väterlicherseits hatten zeitweise sogar recht im Elend gelebt. Zwar war Großvater herzoglicher Bibliothekar gewesen, hatte aber nur ein äußerst dürftiges Gehalt bezogen, sodass Großmutter sich gezwungen sah, eine Waschanstalt für Personen vom Stande zu eröffnen. Sie schämte sich nicht dafür, im Gegenteil, der Erfolg ihres Unternehmens, mit dem sie die Ausbildung ihrer Kinder finanzierte, machte sie stolz. Dennoch war ich die Enkelin einer Wäscherin. Bei allem Reichtum blieb Vater ein Angestellter des jungen Altgrafen und selbst, als er schließlich in den Freiherrnstand erhoben wurde, erhöhte ihn das nur geringfügig in seinem Verhältnis zu ihm. Jahrhunderte mussten vergehen, Schlachten geschlagen, Avancements gemacht und veredelnde Ehen geschlossen werden, ehe eine Familie so etwas wie ein Geblüt bekam. Niemals hätte Hugo mich heiraten können.

Doch selbst, wenn Hugo mich trotz alledem unbedingt heiraten hätte wollen, weil er brennend verliebt und haarsträubend unvernünftig war, hätte ich ablehnen müssen, verzichten wie in einem pathetischen Rührstück. Hätte ich ihm in diesem Fall mein Geheimnis verraten oder es für mich behalten und ihn den ewigen Qualen der Ahnungslosigkeit überlassen?

Mein Geheimnis war ursprünglich Vaters Geheimnis gewesen, er hatte es für sich behalten, bis ich seiner Meinung nach alt genug war.

Es war an einem wunderschönen Sommertag in Blansko gewesen, die Linden dufteten, die Bienen summten und ein Habichtpaar jagte mit durchdringenden Schreien die Tauben von den Dachwinkeln des Schlosses auf. Im Park hatte Vater eine Versuchsstation aufgebaut, mit der das Färben von Stoffen mittels Teerderivaten erprobt werden sollte. In den Kesseln brodelte blaue Flüssigkeit, Stoffbahnen hingen zum Trocknen auf Leinen, auf einem langen Holztisch standen Brenner, gläserne Zylinder,

Phiolen, Mörser, Siebe und Retorten. Ein Zeltdach war aufgestellt worden, um uns vor der Sonne zu schützen, und darunter wurde destilliert, sublimiert und extrahiert, dass es eine Freude war. Wie würde es die Textilindustrie revolutionieren, wenn man Farbstoffe künstlich herstellen könnte!

Vaters aussichtsreichste Entdeckung war ein Stoff von herrlichem Blau, den er Pitakall nannte, was aus dem Griechischen abgeleitet war und so viel wie „schöner Teer" bedeutete. Sollten seine Versuche gelingen, würde man nicht mehr das Indigo aus indischen Färberpflanzen mühsam gewinnen und über den langen Seeweg nach Europa bringen müssen, sondern konnte einen gleichwertigen Farbstoff aus dem ohnehin überall in der Holzverkohlung anfallenden Teer produzieren.

Wir experimentierten mit verschiedenen Lösungen, Textilarten wie Leinen, Seide, Wolle und Baumwolle und Fixierungsmitteln wie Essig, essigsaurer Tonerde und Zinnsalz. Wenn eine zufriedenstellend gleichmäßig gefärbte Stoffbahn hergestellt war, traktierten wir sie mit Wein, Ammoniak, Seife, Licht, Wasser und Urin, um zu sehen, wie gut die Farbe hielt. Reinhold war da, er hatte sein Chemiestudium abgeschlossen und arbeitete nun in den Blansker Werken als Hüttenchemiker. Wir lachten über den wilden Gestank in der Umrahmung vornehmer Rosenstöcke und duftender Geißblatthecken und reichten einander Zangen, Brenner und Destillierkolben, während unsere Finger und Schürzen blauer und blauer wurden. Ottone hatte gerade in ihrem Violinspiel große Fortschritte gemacht, sie stand am offenen Fenster und gab eine Darbietung aufmunternder Prestos, um uns bei der Arbeit zu unterhalten.

Die Mittagszeit kam, die Essensglocke wurde geläutet. Reinhold, die Assistenten und Arbeiter gingen ins Schloss. Als auch ich gehen wollte, hielt Vater mich zurück: „Warte noch einen Moment, Hermine."

Es wurde still. Auch die Bienen ruhten und die Habichte hatten wohl schon gespeist.

„Es geht um eine bestimmte Sache, nichts Großes vielleicht", sagte Vater, während er mit einem kleinen Quirl Pulver mit Flüssigkeit aufschlug wie eine Köchin, die das Mehl in die Eiermilch rührt. Ich wartete. Mein Magen knurrte.

„Du erinnerst dich an die schwere Erkrankung, die du nach Mutters Tod hattest?", sagte Vater.

Ich nickte. Es war eine Unterleibserkrankung gewesen, die mir hohes Fieber und unsägliche Schmerzen bereitet hatte, monatelang hatte es gedauert, bis ich das Bett und mein Zimmer oder gar das Schloss wieder verlassen konnte.

„Siehst du, es ist nun so, dass mir der Doktor Kornfeld damals sagte, dass du niemals Kinder bekommen wirst können. Aber wir wollen dankbar sein, dass dein Leben gerettet wurde! Wenn du nun daran denkst, dich zu verheiraten, solltest du das wissen. Kein junges Mädchen sollte solche Dinge von seinem Vater erfahren, aber es hilft nun einmal nichts, deine

Mutter ist tot und der Doktor Kornfeld ist auch tot, ich bin der Einzige, der von dem Geheimnis weiß. Es gibt keine Hoffnung auf Nachkommenschaft, die Krankheit hat sie zerstört. Was du mit diesem Wissen machst, bleibt dir überlassen. Ob du es einem etwaigen Bewerber sagst oder nicht ... ich weiß es nicht. Viele Paare bleiben kinderlos, aber wäre ein Verschweigen nicht auch bewusste Täuschung? Ein schwieriges Feld! Aber eine Frau deines Standes muss auch gar nicht heiraten, das weißt du, für dein Auskommen ist immer gesorgt. So, und nun lass uns essen gehen, man wartet bestimmt schon mit dem ewigen gekochten Rindfleisch auf uns!"

Undenkbar wäre daher eine Verbindung mit Hugo gewesen, der sich fortpflanzen musste und seine Nach-kommen über die Fürstenhöfe streuen, wie Zuchtbulle und Preiskuh war man ja in so einem Geblüt, eine sprudelnde Quelle an Salm-Reifferscheidt-Krautheims hätte ich zum Versiegen gebracht, und so endete es in meinem inneren Roman stets damit, dass ich zu dem besinnungslos Verliebten sagte: „Nein, Hugo, es kann nicht sein, die grausame Hand des Schicksals hat zwischen uns eine Schlucht aufgerissen!"

Noch viele Jahre später, als alle Brücken verbrannt waren und jeder Kontakt abgerissen war, erschien mir Hugo in einem immer wiederkehrenden Traum. Ich saß im offenen Wagen, es war Sommer und auf den Feldern wogte dunstumflossen das Korn. Dem Kutscher hatte ich den Auftrag gegeben, mich nach

Hause zu bringen, sein Gesicht war mir nicht bekannt vorgekommen, nun sah ich nur seinen Rücken. Plötzlich aber bemerkte ich, dass ich von der vertrauten Gegend in eine unvertraute gekommen war, dass es nicht nach Hause ging, sondern immer weiter fort.

„Hallo!", rief ich mit dünner Stimme. „Das ist der falsche Weg! Kehren Sie um!" Doch der Wind rauschte und die Hufe klapperten und die Räder rasselten und die Federung quietschte und vielleicht hatte der Kutscher mich nicht gehört, denn er fuhr einfach weiter und wandte sich nicht um. Da sah ich am Wegrand Bekannte stehen, da war ein Bäckergeselle aus Blansko und da war einer der Gärtner, was machten sie hier in der Fremde, und da standen Agathe und Missy ins Gespräch vertieft, worüber redeten sie nur, und hier erschien sogar Mutter im weißen Sommerkleid und zwirbelte ihren Parasol. Sie ging auf eine Gruppe von Damen zu, ich rief: „Mama! Mama!", doch sie bemerkte mich nicht. Und schon waren wir vorübergefahren, und ich blickte zurück, und alle verschwanden sie in der Ferne, und ich blickte nach vorne, da waren der fremde Rücken des Kutschers und Hügel und Wälder und Häuser, die ich noch nie in meinem Leben gesehen hatte.

Seltsamer wurden die Pflanzen und exotischer die Architektur der Gebäude. Wenn wir durch ein Dorf kamen, versuchte ich zu erkennen, in welchem Land wir uns befanden, die Menschen trugen Trachten mit wilden Fellen, die viel zu heiß für die Jahreszeit waren. Doch schon wurde es kühler und dämmriger, ich rief: „Halt! Anhalten! Das ist der falsche Weg!", und der Kutscher schnalzte die Peitsche und die Pferde fielen in Galopp. Ganz schnell zogen Reinhold und Ottone am Straßenrand vorüber, schon waren wir am Altgrafen vorbei, da war Vater, „Papa! Papa!", rief ich, da kam der Musikmeister Sykora, der war doch schon tot? Waren wir etwa ins Totenreich hinübergefahren? Und warum bemerkte mich niemand auf meiner rasenden Fahrt, ich saß doch ganz deutlich sichtbar im offenen Wagen? Doch auch Mutter war ja schon tot, fiel mir ein, und der Altgraf, wer wusste, ob Missy noch lebte, sie war zurück nach England gegangen vor langer Zeit, um nun englischen Kindern Deutsch beizubringen.

Ich kletterte nach vorne und streckte die Hand nach dem Kutscher aus, doch der Kutschbock war viel zu weit entfernt. Der Wagen rumpelte über Erdhügel und Steine, ich wurde herumgeworfen und fiel immer wieder auf die Sitzbank zurück. Da stand auf einmal Hugo am Straßenrand, der Erste, der mich erkannte, er lüpfte grüßend seinen Zylinder, spöttisch, mit gespieltem Bedauern, er konnte so viel mit seinen Augen ausdrücken, die weiße Weste unter seinem Gehrock schimmerte im Dämmerlicht, und schon waren wir vorbei.

„Hugo!", schrie ich, „Hugo, hilf mir!", während er uns unbewegt nachschaute, kleiner wurde, verschwand. Doch da sprang ein anderer aus dem Gebüsch und rannte uns nach, um uns aufzuhalten, es war Carl Schuh, er rannte und rannte, entschlossen, mir Mut einflößend, er konnte so viel mit seinen Augen ausdrücken, da sah ich nach vorne, der Kutscher war verschwunden, die Pferde durchgegangen, und ich wachte auf.

Otaheiti. Eigenname:

Insel der größtmöglichen Freiheit, Paradies.

Onkel Ludwig war neunzehn Jahre jünger als Vater, das jüngste seiner Geschwister. Was von den Eltern als Nesthäkchen erhofft war, erwies sich bald als Sorgenkind. Schon mit drei oder vier Jahren, erzählte man sich lachend, sei er so übellaunig und mürrisch gewesen, dass mit einem Schlag alle Kerzen ausgingen, sobald er einen Raum betrat. Später wurde es nicht besser, einen guten Teil seiner Schulzeit verbrachte er im Karzer oder auf der Flucht vor Mitschülern, die ihm mit Fäusten und eigens gebastelten Folterinstrumenten eins auswischen wollten. Noch bevor er das Gymnasium beendet hatte, geschah es zum ersten Mal, dass er „in die Heilanstalt" kam, allerdings nur für ein paar Wochen. Dennoch schaffte er den Abschluss, zum großen Erstaunen der gesamten Familie. Als er wie schon Vater vor ihm das Studium der Jurisprudenz beginnen musste, verlangte er, dies in Berlin tun zu dürfen. Dort gab er sich einem wüsten Leben mit viel Branntwein hin, verkehrte mit Weibern statt mit Damen und wurde Gerüchten zufolge in üblen Spelunken bisweilen als Freibeuter verkleidet gesehen – aber dergleichen war, wie es hieß, für junge Leute, die sich ausleben mussten, durchaus normal. Mit „jungen Leuten" meinte man natürlich männliche junge Leute. Es gab junge Weiber und junge Kerle bei den niedrigen Ständen, junge Damen und junge Leute bei den höheren. Alle machten Unfug, nur junge Damen nicht.

Weitere Aufenthalte „in der Heilanstalt" unterbrachen Onkel Ludwigs Studium, ohne dass je ausgesprochen wurde, was ihm denn fehlte. Da ihn die Eltern kurzhielten, wodurch sie seinen Ehrgeiz anzuspornen hofften, suchte er sein Glück bei Wetten auf Boxer, Rennpferde oder kämpfende Hähne, bei Kartenspiel und zwielichtigen Geschäften, sodass man den Eindruck bekam, dass die erwähnte „Heilanstalt" womöglich vorgeschoben und in Wahrheit eine Besserungsanstalt war. Irgendwann gab Großvater auf und ließ Onkel Ludwig Chemie studieren. Dieses Studium schloss er in kürzester Zeit ab – zum großen Erstaunen der gesamten Familie.

In einer Brauerei erhielt er eine schlecht bezahlte Anstellung mit der Aussicht, sich hocharbeiten zu können, die er jedoch umgehend dazu nutzte, Gelder zu unterschlagen. Er wurde ertappt, angeklagt und verurteilt. Aufgrund seiner Jugend, seines reumütigen

Verhaltens und der Bereitschaft, die Summe, die er sich widerrechtlich angeeignet hatte, zurückzuzahlen (tatsächlich musste hier Großvater einspringen), erhielt er ein mildes Urteil.

Nachdem er das halbe Jahr Zuchthaus abgesessen hatte, holte man ihn wieder nach Hause. Man verschaffte ihm eine Stellung bei einem Apotheker, in dessen Hinterzimmer er die heilenden Substanzen abwog, zerstampfte, mischte, eintropfte, verrührte, aufschäumte und portionierte. Er hatte seine Lektion gelernt. Er wurde maßvoll, bescheiden, fröhlich sogar. Großmutter war glücklich. Mit fünfundzwanzig Jahren war Onkel Ludwig nun der Sohn geworden, den sie sich immer gewünscht hatte. Er erschien pünktlich bei Tisch, unterhielt sich angeregt mit den Gästen und verbrachte die Abende zu Hause, außer, wenn er seine Mutter ins Theater begleitete.

Irgendwann verließ Onkel Ludwig das Hinterzimmer des Apothekers und arbeitete sich in verschiedenen Betrieben nach oben, er mauserte sich, er hatte sich die Hörner abgestoßen, er war zwar noch kein hohes Tier, aber er hatte das Zeug dazu.

Vater hatte großes Verständnis für Onkel Ludwigs Jugendtorheiten, denn er war selbst einmal in Festungshaft auf dem Hohenasperg gesessen. Festungshaft war eine ehrenvolle Strafe, wie er uns erklärte, denn sie wurde niemals über gewöhnliche Räuber und Diebe verhängt, sondern über Männer der höheren, gebildeten Stände, deren Vergehen politischer Natur waren, sodass man ihnen eine ehrenvolle Gesinnung zugestand. Bei Festungshaft pflegte man ein freundschaftliches Verhältnis zur Wachmannschaft, bekam standesgemäßes Essen und täglich einen Schoppen Wein.

Der Grund für die Inhaftierung war der, dass Vater – damals achtzehn Jahre alt – mit zwei Gleichgesinnten eine Geheimgesellschaft gegründet hatte. Zweck der Gesellschaft war die Flucht vor der unterdrückerischen Herrschaft des Königs von Württemberg und die Auswanderung nach Otaheiti. Dies war deshalb heikel, da der König für den Krieg gegen Napoleon gerade viele Soldaten brauchte und Auswanderung aus diesem Grund strengstens verboten war. Die Wahl auf die Insel Otaheiti im Südpazifik war nach der Lektüre einer Beschreibung von James Cooks Weltumsegelung gefallen. Obwohl sie recht gebirgig zu sein schien, hofften Vater und seine Bundesgenossen dort eine Indigoplantage zu errichten und auf diese Weise zu Reichtum zu gelangen. Fruchtbar und frei sei Otaheiti, so träumten sie, weder Kriege noch Winter, Armut oder Tyrannei knechteten seine Bewohner, Blumen blühten überall, das Meer wimmelte von Fischen, saftige Früchte wuchsen auf Bäumen, die nicht gepflanzt werden mussten, man tanzte, man lebte, man genoss. (Über die Tatsache, dass Captain Cook berichtete, einer grausamen Menschenopferung beigewohnt zu haben, deren Durchführung den Einwohnern der Insel zur

Errettung vor einer Hungersnot zweckdienlich erschien, musste hinweggesehen werden.)

Zwei Jahre später hatte der Geheimbund nicht wie erwartet hunderte, sondern nur dreizehn Mitglieder und war in seinen Plänen zur Gründung einer Kolonie weit weg von Europa nicht wirklich vorangekommen, sodass man sich zu seiner Auflösung entschloss. Doch ehe dieser Formalakt durchgeführt werden konnte, wurde Vater in einem Hörsaal der Universität mitten während der Vorlesung verhaftet. Ein Mitglied des Bundes hatte Verrat geübt und seine Genossen wegen staatsfeindlicher Umtriebe denunziert. Zwei Monate dauerte die Haft, ehe ein Gericht feststellte, dass der Otaheiti-Geheimbund, abgesehen von einigen revolutionären Parolen in der Gründungsurkunde, ein ebenso harm- wie wirkungsloses Unternehmen war.

Es sei ihm während der Festungshaft zu Bewusstsein gekommen, erzählte Vater, dass das Paradies überall sein könne und die Hölle auch. Der Versuch, die Hölle durch einen Ortswechsel zu verlassen, könne durchaus dazu führen, dass man in die Traufe gerate.

Die Eröffnung der Zuckerfabrik in Raitz und die damit verbundene Übersiedlung Onkel Ludwigs nach Mähren waren für uns eine willkommene Aufregung und Ablenkung von all den Verlusten, unter denen der unserer Mutter am schwersten wog. Etwas ganz Neues wurde nun produziert – an all den Gusseisenprodukten, den dekorativen Zäunen, Kolonnaden,

Balkonen, Kreuzen, Säulen, Straßenlaternen und Statuen nach antikem Vorbild hatten wir uns schon lange sattgesehen –, etwas, das jeder gut gebrauchen konnte, ja liebte: Zucker.

Zucker war ein kostbarer, köstlicher Stoff. Wenn man einem weinenden Kind ein Stückchen Zucker gab, wurde es gleich wieder fröhlich. Zucker stärkte, wärmte, belebte, wirkte als Medizin auch ganz ohne die Arzneigeister des Dr. Hahnemann. Zucker konservierte und bewahrte jedes Jahr Tonnen von Obst in Marmeladen- und Einmachgläsern vor dem Verderben. Mit Zucker konnte man Früchte kandieren, Limonaden und Liköre herstellen, Tee, Kaffee und heiße Schokolade süßen oder fade Mandeln in herrliches Marzipan verwandeln. Ja, zur Not konnte man den auch nicht gerade billigen Honig verwenden, und unter der Kaiserin Maria Theresia soll mit Ahornsirup experimentiert worden sein. Doch all die Kuchen, Kekse, Mehlspeisen und Backwaren, die Liwanzen, Palatschinken, Buchteln und Pofesen hatten sich erst durch den Zucker zu erlesenster Feinheit entwickeln können.

In der Küche wurde der Zuckerhut hinter Schloss und Riegel aufbewahrt. Feierlich sperrte die Köchin bei Bedarf die Kredenz auf, in der er sich, waagrecht in eine Zange eingeklemmt, befand. Mit Hammer und Meißel wurden Stückchen abgeschlagen, die kostbaren Brösel aufgesammelt, dann zerstampfte man alles im Mörser zu feinem Staub.

Seit entdeckt worden war, dass der Saft der Gemeinen Rübe (bei uns Runkel genannt) Zucker enthielt, dessen Gehalt man durch gezielte Züchtung noch steigern konnte, war es endlich möglich, Europa von den überseeischen Zuckerrohrplantagen unabhängig zu machen. Die Zuckerhüte mussten nicht mehr aus Brasilien oder der Karibik importiert, sondern konnten in Schlesien oder Sachsen hergestellt werden. Die Technologie war noch neu und hatte ihre Tücken, die Zuckerrübenfelder brauchten viel Dünger und erbrachten nicht immer den gewünschten Ertrag. Das war natürlich nichts, was Vaters Pläne trüben konnte, ganz im Gegenteil. Die Felder wurden angelegt, die Fabrik errichtet, viel Geld investiert und noch viel mehr an Erträgnissen erwartet. Mich begeisterte die Rübenzuckerproduktion noch aus einem anderen Grund: Vielleicht, hoffte ich, würden all die Sklaven, die auf den Zuckerrohrplantagen geschunden wurden, befreit werden, sobald Europa seinen Zucker zur Gänze selbst produzierte.

Wir begingen Onkel Ludwigs Ankunft in Mähren mit einem großen Fest. Es war ihm schwergefallen, Großmutter so knapp nach Großvaters Tod zurückzulassen, doch eine ebenso verwitwete Cousine war gerne zu ihr gezogen, um ihr Gesellschaft zu leisten. Er gab sich mit zurückhaltender Würde, wohl um der großen Aufgabe, die ihm bevorstand, Ehre zu erweisen. Dennoch hatte er stets ein Lächeln auf den Lippen, das zeigte, wie sehr er sich darauf freute, bald Herr einer gewaltigen Anlage zu sein, in der zerkleinert, gepresst, erhitzt, gerührt, abgeschieden, versetzt und verdampft wurde: eine formidable Hexenküche, in der am Anfang die elendste aller Nutzpflanzen, die Runkel, stand und am Ende der edle, weißglänzende Zuckerstalagmit.

„Ich werde dich stolz machen, großer Bruder", sagte er, nachdem Vater das Glas auf ihn erhoben und ihn feierlich willkommen geheißen hatte. Alle Gäste erboten sich gerne, den Raitzer Zucker persönlich zu verkosten und auf seine Qualität hin zu überprüfen. Wir waren im Zuckerglück.

Doch auch, wenn für den Runkelzucker keine Sklaven in Ketten gelegt und zur Arbeit gepeitscht wurden, haftete ihm doch etwas Unheimliches an. Für seine Herstellung wurden nämlich Knochen benötigt, viele Knochen. Zum einen brauchte die Rübe phosphatreichen Dünger, wofür man Knochenmehl verwendete. Zum anderen erhielt der Zucker seine schöne weiße Farbe und von anderen Geschmacksstoffen gereinigte Süße erst dadurch, dass man den rohen Zuckersaft mit Klärgranulat aus Knochenkohle versetzte. Diese hatte die faszinierende Eigenschaft, Farb- und Geruchsstoffe an sich zu binden. Roten Traubensaft konnte man damit zu weißem machen.

Doch wo kamen all die Knochen her? Wollte man das so genau wissen? Waren es wirklich nur altersschwache Rinder und schwerkranke Klepper, die so verarbeitet wurden? Der Schinder, der entlaufene

Hunde und Katzen mit der Drahtschlinge fing, trug natürlich auch zum Knochengewinn bei. Man sprach von „Tierkohle" und hoffte, dass es sich darauf beschränkte. Im schlimmsten Fall wurde die Wissenschaft mährischer Höhlenbärknochen beraubt, ähnlich wie für die Beinasche, die dem Porzellan sein transparentes Weiß verlieh. Oder stimmte es, was schauerliche Gerüchte besagten: dass so mancher geschäftstüchtige Bauer auf alten Schlachtfeldern die ins Erdreich versunkenen Skelette unbekannter Soldaten ausgrub und sich damit ein Zubrot verdiente? Denn knochenmäßig war auch der Mensch nur ein Tier, und wer von den Aufkäufern wollte schon so genau hinsehen?

Da dachte man, die gefallenen Krieger hätten die ewige Ruhe gefunden, und dann tauchten sie mitten in der schönsten Gesellschaft als Puder auf einem Guglhupf auf.

Als Onkel Ludwig die Leitung der Zuckerfabrik übernahm, hatte er damit die Hoffnung verbunden, dass ihm dieser berufliche Aufstieg die Eheschließung mit einer jungen Stuttgarterin ermöglichen würde, in die er seit längerem verliebt war. Überraschend jedoch hatte sie ihn abgewiesen. Wenn ich ihn morgens in seinem Kontor besuchte, stand schon der Branntwein vor ihm. Die Täfelung roch noch nach frischem Holz, die Melasse duftete malzig, die Schlöte rauchten, Arbeiter, Fuhrwerke und Maschinen waren in ständiger Bewegung, doch Onkel Ludwig starrte vor sich hin wie einer, in dessen Kopf es vor Kummer so sehr rauschte, dass er rundherum kaum etwas wahrnahm. Dabei war er stets freundlich, riss sich immer wieder zusammen und erklärte mir alles, was ich wissen, zeigte mir alles, was ich sehen wollte. Auch seine Arbeit machte er wohl gut wie eine Maschine, die dabei keine Freude empfinden muss. Seine Gesundheit wurde von all dem düsteren Herumsitzen nicht besser, oft griff er sich mitten im Gespräch an die Brust und stöhnte, und wenn man ihn fragte, was denn los sei, sagte er: „Nur ein Stich, in der Milz vielleicht oder im Herzen." Als sich herausstellte, dass die Rübenäcker nicht den geplanten Ertrag brachten, tat er sein Möglichstes, fuhr herum, leitete neue Maßnahmen ein, verhandelte und verbesserte, und Vater war zufrieden mit ihm.

Zwei Jahre ging das so dahin, das Zuckergeschäft lief weder ganz recht noch ganz schlecht, die Hoffnung aber, dass Onkel Ludwig über seine Melancholie hinwegkommen und eine andere Braut finden würde, erfüllte sich nicht. Wir verbrachten nun schon viel Zeit auf Schloss Cobenzl, denn der junge Altgraf wollte mehr und mehr der Agenden selbst übernehmen und drängte Vater geradezu, Blansko zumindest in der warmen Jahreszeit zu ver- und die Werke ihm zu überlassen. Sosehr wir das Leben auf dem Reisenberg genossen, so sehr sorgten wir uns um Onkel Ludwig, der dann allein zurückblieb und aus eigenem Antrieb keine Aufheiterung suchte.

Am 18. Juni 1840 traf auf Schloss Cobenzl ein Brief des jungen Altgrafen ein, der uns völlig entgeisterte, vor den Kopf schlug, aus der Bahn warf. Es wurden schwere Anschuldigungen bezüglich Vaters Geschäftsgebaren erhoben, weswegen ihn der Fürst mit sofortiger Wirkung all seiner Ämter enthob. Den Angestellten sämtlicher Salm'scher Werke sei untersagt worden, Vaters Anordnungen weiterhin Folge zu leisten. Die meisten der Anschuldigungen hatten mit der Zuckerfabrik zu tun.

Es musste sich um einen Irrtum handeln, um Verleumdung, ein Komplott. Wie war so etwas möglich, nach so vielen Jahren, nach so viel Reichtum, der erwirtschaftet worden war? Sofort begann Vater Gegenbriefe abzufassen, einen nach dem anderen, manche zerriss er wieder, manche schickte er ab. Reinhold, der einige Monate zuvor geheiratet hatte, befand sich mit seiner Frau gerade in Venedig. Auch an ihn wurde ein Brief gesandt mit dem dringenden Auftrag, sofort zurückzukehren.

Ottone setzte sich an den Flügel und spielte Beethovens schwierigste Sonaten, der Schock steigerte ihre Konzentration so sehr, dass ihr nicht ein einziger Fehler unterlief.

Fräulein Ida ersuchte Vater um eine Unterredung und fragte ihn, ob sie sich eine neue Anstellung suchen solle, worauf er sie eine dumme Gans schalt.

Ich ging in den Park und beschäftigte mich mit meinen Hortensien. Dr. Endlicher, jener Botaniker, der oft bei uns zu Gast war, um Vater bei seinen

Od-Experimenten als Sensitiver und mich bei pflanzenkundlichen Studien zu unterstützen, hatte mich auf eine unbestätigte Behauptung aufmerksam gemacht, derzufolge die Zugabe von Alaun zur Erde die Blüten einer darauf wachsenden Hortensie violett oder blau färbt. Sofort musste ich das Experiment selbst versuchen. Es funktionierte, so viel konnte ich schon sagen, die Details mussten noch erhoben werden. Welcher Farbton wie entstand, wie viel von dem Alaun wo aufzubringen war und so weiter. Mit einem Schlag dienten meine Hortensienexperimente dazu, mich davon abzulenken, dass Vater gerade seinen Ruf verlor, vielleicht sogar seinen Verstand. Oder war ich diejenige, die schon längst den Verstand verloren hatte? Hatte nicht ich eine wahnhafte Liebe zum jungen Altgrafen gepflegt, die vielleicht nichts als der Versuch gewesen war, der unübersehbaren Abneigung, die er gegen unsere Familie hegte, etwas entgegenzusetzen? Je tiefer ich in der Erde grub, das Metall und die Säfte, in denen es sich löste, verfolgte, seinen Weg und seinen Einfluss auf Farbpigmente, die einen schlichten weißen Bauernhortensienbusch in einen blauen oder violetten Farbrausch verwandeln konnten, je mehr ich also mit diesen überaus materiellen Dingen befasst war, desto besser gelang es mir, ein Gefühl der Kontrolle wiederzuerlangen, während sie mir im Großen und Wesentlichen entglitt.

Zwei Tage später erhielten wir die Nachricht, dass Onkel Ludwig, der ebenfalls seiner Funktion enthoben worden war und keinen Fuß mehr in die Zuckerfabrik setzen durfte, sich das Leben genommen hatte.

Als erfahrener Apotheker wusste Onkel Ludwig, womit man am besten starb. Er nahm Gift, eine Überdosis Laudanum, und verließ seinen Körper in einem mächtigen, von Farben und Lichtern und köstlichen Sinnesempfindungen durchwirkten Traum. Vielleicht träumte er in seiner letzten Stunde von der geliebten Frau, sah sich mit ihr am Kaminfeuer duftenden Punsch trinken, umgeben von einer Kinderschar und Katzen und Hunden, oder im leuchtenden Herbst mit der Familie durch die Apfelspaliere schlendern, wo er die reifen Früchte verteilte. Vielleicht aber träumte er auch wie Vater dereinst von einer fernen exotischen Insel, von Kokosnüssen und Mangos und Menschen mit kunstvollen Tätowierungen am Kinn, dem Rauschen von Palmkronen und Meereswellen, Wärme, Wärme, und Zaubermusik. Die Freiheit und das Glück, alles zu vergessen, durchträumten ihn, in seinem Gehirn brannte eine Sonne auf, die die kleinsten Sandkörner noch einmal ganz deutlich beleuchtete, und dann wurde es still, und Onkel Ludwig war nur mehr ein menschlicher Überrest, den man mit weit aufgerissenen Augen in seinem Bett vorfand.

Isis. Eigenname:
Doppelgesichtige Göttin der Erinnerung und des Vergessens. Schutzherrin der Zauberer.

Am 6. September 1840 brach Vater auf, um alles Verrückte wieder zurechtzurücken. Er musste persönlich den Kopf des jungen Altgrafen abschrauben, durchputzen, justieren, tarieren und wieder montieren. Zahllose und endlose Briefe hatten zu keinem Ergebnis geführt, egal, wie genau Vater alle geschäftlichen Einzelheiten vorrechnete, belegte und erklärte, wie sehr er an die Vernunft und Logik Fürst Salms appellierte, wie wütend er auch wurde in der Überzeugung, dass ein solches Unrecht niemals durch den Urteilsspruch eines Gerichtes bestätigt werden würde. Es gab Gesetze, es gab Verträge!

Der junge Altgraf antwortete stets nur mit einer Wiederholung der Anklagepunkte, sprach von Fehlständen bei der Inventur, ungesetzlich aufgeschlichtetem Scheiterholz, wodurch Überschüsse erzeugt worden seien, an denen sich Vater bereichert habe, vom Errichten neuer Gebäude ohne Wissen des jungen Altgrafen, einer Amtskanzlei, die kostspielig tapeziert anstatt schlicht geweißt worden sei, von zu hohen Prämien an die Förster und fehlendem Rossdünger. Vor allem aber ging es um die Runkeln, die zu wenig und zu teuer seien, und die Zuckerfabrik, die unzweckmäßig, unrentabel und mit widerrechtlichen Änderungen verschlechtert worden sei. Vater entgegnete mit gespitzter Feder, sprach vom gesetzlosen Wüten eines Paschas, von Gewalttat und Unverstand. Er hatte für alles eine triftige Erklärung, die Vorwürfe basierten auf Missverständnissen, Unwissenheit, falscher Berechnung oder den Fehlern anderer. Weder er noch Onkel Ludwig hatten sich etwas vorzuwerfen. Dessen Freitod übrigens sei kein Schuldeingeständnis, sondern die Verzweiflungstat eines Ehrenmannes nach erlittenem Rufmord. Schließlich antwortete der Fürst nicht mehr.

Die Demütigung nagte schwer an Vater. Er war nicht nur von einem hohen Ross gefallen, sondern von einer hohen Burg, von der aus er eine Gutsherrschaft überblickt hatte, in der 18.000 Menschen lebten und wo es Bergwerke, Walzwerke, Schmiedehämmer, eine weltberühmte Kunstgusswerkstatt, Rußhütten, Essighütten und Sudhütten gab. Die Demütigung höhlte ihn von innen her aus, sodass er zunächst verfiel, ein gebeugter, gealterter Mann wurde. Dann aber verlieh ihm der Zorn eine besondere Kraft und eine straffere

Haltung als zuvor, und er bestand darauf, dass seine Kleidung mehr denn je gebügelt und gestärkt, seine Stiefel gewichst und poliert waren. Je mehr man ihm seine Würde nahm, desto mehr trug er den Anschein von Würde nach außen, er dirigierte, korrigierte, bekam einen herrischen Zug.

Kaum war Reinhold von Venedig zurückgekehrt, war er weiter nach Raitz gereist, um sich um Onkel Ludwigs Nachlass zu kümmern. Doch ihm wurde alles versperrt, die Villa des Toten war amtlich versiegelt worden und Fremde durchwühlten seine Papiere, um Beweise für Verbrechen zu finden. Reinhold machte Halt bei verschiedenen Werken, aber alle Leute verhielten sich seltsam verschämt, denn sie hatten den Auftrag erhalten, mit ihm nicht zu sprechen. Dasselbe bei Schloss Blansko, die Bediensteten wagten es kaum, ihn zu grüßen. Ein Notar erwartete ihn, der ihm mitteilte, dass er zwei Wochen Zeit hätte, das Schloss von persönlicher Habe zu räumen. Der Notar hatte die Aufgabe, zu überwachen, dass nichts entfernt würde, was zum ursprünglichen Inventar des Schlosses gehört hatte.

Und so war Fuhrwerk um Fuhrwerk auf Schloss Cobenzl angekommen, mit Kleidern und Möbeln und Porzellan, vor allem aber mit den kostbaren Sammlungen, den Meteorsteinen, Mineralien und dem Herbar. Mit jeder Fuhre wurde uns deutlicher, dass wir nie wieder zurückkehren würden, dass wir verbannt waren, dass alles verloren war – nur Vater glaubte nicht daran.

Je länger ich über die Anschuldigungen gegen Vater und Onkel Ludwig nachdachte, desto mehr musste ich mir eingestehen, dass ich schlicht nicht wusste, ob sie stimmten. Ich hatte keinerlei Möglichkeit nachzuprüfen, ob ihre Geschäfte fehlerhaft oder gar betrügerisch gewesen waren. Ich konnte nur glauben, entweder dem jungen Altgrafen oder Vater. Natürlich glaubte ich Vater, so sehr, dass ich jederzeit bereit war, einen heiligen Eid auf seine Unschuld zu schwören. Glaube war es aber doch. So wie keine Mutter glauben will, dass ihr Sohn einer Untat fähig, und keine Ehefrau, dass ihr Mann ein Mörder ist, so räumte auch ich jeden Zweifel aus meinem Inneren fort.

Auf der anderen Seite begann sich der nebelige Liebeshauch, den ich um Hugo (oder vielmehr: meine Vorstellung von Hugo) geatmet hatte, langsam zu lichten, und eine Erinnerung stieg auf: Es war im Park von Schloss Raitz, wo ich als Zehnjährige gerade den Aufbau einer Malvenblüte untersuchte. Etwa fünfzig Schritte von mir entfernt, bei den Rhododendren (die, wie mir damals bereits klar war, nicht zur endemischen mährischen Flora gehörten, da der Altgraf sie aus England mitgebracht hatte und die Engländer sie wiederum aus Indochina verpflanzt hatten), schlenderten Vater und der Altgraf miteinander auf und ab. Sie waren ins Gespräch vertieft, sodass ich unwillkürlich bedauerte, nicht hören zu können, worum es ging (es schien sehr interessant zu sein), dabei hatte der Altgraf die Hand auf Vaters Schulter gelegt. Sie wirkten nicht wie Fürst und Verwalter, eher wie gute Freunde, ein bisschen sogar wie Vater und Sohn. Zufällig blickte ich dann zum Schloss hinauf und im oberen Stockwerk sah ich bei einem offenen Fenster Hugo stehen. Starr schaute er auf die beiden Männer hinab, als hätte er sie bei etwas Ungeheuerlichem ertappt. Damals konnte ich es mir nicht erklären, doch später verstand ich, dass es Eifersucht war, was ich in seinem Blick gesehen hatte. Die väterliche Liebe des Altgrafen, der sich seinem ältesten Sohn und Nachfolger gegenüber sehr streng und distanziert verhielt, ging auf einen anderen nieder, einen Unwürdigen, der nicht nur nicht sein eigenes Fleisch und Blut war, sondern ein bürgerlicher Parvenu.

An einem strahlenden Herbstmorgen brach Vater also auf, um das Ruder des Schiffes, das seit zehn Wochen so verheerend vom Kurs abgekommen war, wieder herumzureißen. Die Sonnenstrahlen ließen erstes Gelb in den Buchenwäldern aufleuchten, der Wein, der das ganze Schloss umhüllte, wurde an der dem Licht zugewandten Front schon rot, während er auf der Rückseite, dem Wald zu, noch grün war. Tau machte die Luft frisch, die Vögel sangen geradezu stürmisch, wie sie es manchmal taten, wenn der Sommer zu Ende ging: als ob sie ihn aufhalten wollten.

Nicht nur Reinhold, auch viele Freunde hatten Vater davon abgeraten, diese Fahrt anzutreten, sie könne nur erfolglos bleiben, meinten sie, die Absichten des Fürsten seien unwiderruflich klargestellt worden.

Doch Vater vertraute dem Wissen, dass der Vater des jetzigen Altgrafen sein Freund gewesen war, dass er diesen noch sehr viel reicher gemacht hatte, als er zuvor schon gewesen war, dass der Verstorbene seinem Sohn testamentarisch ans Herz gelegt hatte, den Carl Reichenbach zum Wohle der Herrschaft zu übernehmen.

Abgesehen von dem Kutscher hatte Vater nur seinen Leibdiener Steckerl bei sich, der aus Blansko stammte und ihn überallhin begleitete. Steckerl hieß er aufgrund seiner schmächtigen, dürren Gestalt, deren ungeachtet er ein äußerst durchsetzungsfähiger Mann war. Mit großem Geschick traf er alle Reisearrangements für Vater, erkämpfte für ihn stets die beste Mahlzeit, die bequemste Unterkunft, das zuverlässigste Fährschiff, das alles selbstverständlich zum günstigsten Preis.

Am späteren Nachmittag des folgenden Tages kam man bei Schloss Raitz an und hielt vor dem herrlichen schwarz-goldenen Einfahrtstor, das wie der daran anschließende Zaun in der eigenen Kunstgusswerkstatt hergestellt worden und von zwei sich windenden goldenen Lachsen, den Wappentieren des Hauses Salm, gekrönt war. Als die Wachposten Vater erkannten, weigerten sie sich, das Tor zu öffnen. Nach langen Verhandlungen, die zwischen Vater vor dem Tor und dem Fürsten im Schloss mittels hin- und hereilender Boten geführt wurden, erklärte sich dieser schließlich bereit, ihm eine Audienz zu gewähren. Das Tor wurde geöffnet, der Wagen fuhr ein.

Wie Vater später erzählte, hatte er gehofft, nun bei einem angenehmen Abendmahl mit dem Fürsten ins Gespräch zu kommen, spätestens bei Slivovice und Zigarre eine gütliche Einigung zu erreichen und anschließend das übliche Zimmer für die Nacht zugewiesen zu bekommen. Doch der Fürst empfing ihn in seinem Arbeitszimmer – stehend. Wenige Minuten nur hörte er sich an, was Vater zu sagen hatte, um dann zu erklären, dass das doch alles schon gesagt worden sei. Die Audienz war beendet, Lakaien geleiteten Vater hinaus.

Um wie befohlen die Salm'sche Herrschaft verlassen zu können, brauchte Vater jedoch frische Pferde – die eigenen waren von der langen Fahrt erschöpft und nicht zu gebrauchen. Wieder wurde ein Bote gesandt. Der Fürst wollte dem ungebetenen Gast keine Pferde zur Verfügung stellen. Er wiederholte, dass Vater sich dennoch, nötigenfalls also zu Fuß, noch am selben Abend jenseits der Grenzen der Herrschaft zu verfügen hatte. Sollte er nach Ablauf von fünf Stunden auf dem Grund des Fürsten aufgegriffen werden, werde er mit Gewalt expediert. Dem Kutscher und dem Leibdiener dagegen sei es gewährt, auf Raitz zu übernachten, sie könnten dann anderntags mit den ausgeruhten Pferden nachfolgen.

Vater war nun zum ersten Mal sprachlos vor Entsetzen. Es war nicht länger zu leugnen, dass er hier ein Aussätziger war, weniger als der Geringste. Steckerl erklärte, er werde es sich selbstverständlich nicht nehmen lassen, seinen Herrn auf dem langen Fußmarsch in die Verbannung zu begleiten. Er kenne ein Wirtshaus gleich nach der Grenze, das „Zum alten Wirtshaus" heiße, da seien ein Abendessen und ein gutes Zimmer bestimmt zu bekommen. Vater ließ sich die Wegbeschreibung geben und versicherte, durchaus alleine gehen zu wollen, er müsse nachdenken.

Alleine also ging er über den knirschenden Kies des Vorplatzes zum schönen gusseisernen Tor hinaus, wissend, dass er es nun zum letzten Mal in seinem Leben sah. Die Anfertigung der Form für den Guss des großen Medaillons mit den Lachsen, über dem eine schwarz-goldene Fürstenkrone saß, hatte er seinerzeit persönlich überwacht. Nichts galt es mehr, was er für das Haus Salm geleistet hatte, als wäre es nie geschehen.

Langsam ging er den Berg hinunter. Plötzlich spürte er einen Knieschmerz, der vorher nicht da gewesen war. Kamen ihm Bauern oder Arbeiter entgegen, die ihn kannten, senkten sie betreten den Kopf. Er war hungrig, mit Müh und Not hatte er im Schloss einen Becher Wasser bekommen. Doch dann blickte er auf die üppigen Hügel, die schöne Abwechslung von Feldern und Wäldern, von Wildnis und Ackerland, und sagte zu sich: „Es ist wahrlich nicht alles verloren. Ich bin Besitzer der Herrschaften Cobenzl, Nisko und Gutenbrunn, man kann mich wohl schwerlich einen armen Mann nennen. Es gibt eine Rechtsordnung, die auch hier gilt, wo man meint, sich wie in einem Paschalik aufführen zu können. Und es gibt Gerichte, um diese Rechtsordnung durchzusetzen.

Jenseits des Paschaliks werde ich immer noch als Freiherr behandelt und Euer Gnaden genannt."

Er kam durch das Dorf, der Viehhirt trieb gerade die Tiere von der Hutweide nach Hause, ein paar Kinder plantschten in der Pferdeschwemme. Als er bei der Werkstatt des Hufschmieds vorbeikam, der schon Feierabend machte und auf der Bank vor der Türe seine Pfeife genoss, nickte Vater ihm freundlich zu. Der alte Bekannte jedoch stand auf und ging grußlos ins Haus hinein.

„Es gibt eine Rechtsordnung", wiederholte sich Vater, „und Gerichte, diese durchzusetzen", war aber doch froh, da ihn auch sonst niemand grüßte, wieder aufs offene Land hinauszukommen.

Nach über drei Stunden kam er im Wirtshaus „Zum alten Wirtshaus" an. Er bestellte kalten Braten und Käse und trank dazu Wein. Er trank auf den ewigen Frieden des alten Altgrafen, der nie erfahren würde, welche Schlange er an seinem Busen genährt hatte.

Nachdem ihn die Wirtstochter zu seinem Zimmer geführt hatte, sagte sie: „Schlafen Sie wohl, Euer Gnaden." Und das tat er dann auch.

Am nächsten Morgen erschien wie abgesprochen der Kutscher mit dem Wagen, jedoch ohne Steckerl. Dieser ließ sich mit dem größten Bedauern entschuldigen, er habe sich entschlossen, in Mähren zu bleiben, um in der Nähe seiner alten, hinfälligen Mutter zu sein. Später stellte sich heraus, dass Fürst Salm dem klugen Diener eine gut bezahlte Stellung angeboten hatte.

„Nicht einmal den Steckerl hat er mir lassen können, der Schuft", sagte Vater.

Die Wiesen meiner Kindheit sah ich nie wieder, nicht die Zwittawa, den lindenbeschatteten Hauptplatz von Blansko, die goldenen Lachse auf dem Tor von Schloss Raitz. Das Zicklein Petronella war ebenso tot wie die Glücksziege Gundel, ihre Knochen waren nützlich verwendet worden. Irgendwann erzählte man mir, dass die Linden umgeschlagen worden seien. Die Hündin Dobra war lange tot, ihr Bellen verklungen wie das Sausen des Meteorfalls, das sie lange vor mir gehört hatte. Onkel Ludwigs Grab besuchte ich nie. Wenn ich von den Wienerwaldkogeln nach Norden schaute, dachte ich: Dort in der Ferne ist Blansko.

Aus der Blansker Kunstgusswerkstatt hatte ich ein wunderschönes eisernes Collier mit filigran geschlungenen Arabesken, einer stilisierten Blüte in der Mitte und drei tropfenförmigen Anhängern mit Blättern darauf. Obwohl ich ein paar Jahre zuvor noch gedacht hatte, mich am Eisenkunstguss für immer sattgesehen zu haben, trug ich es nun oft und stach damit gerne zwischen all dem Gold und den bunten Steinen der anderen Damen hervor. Auch ohne uns sandte Blansko weiterhin Fassbänder nach Singapur, Kochgeschirr nach Haiti, Maschinen nach Russland, Kreosot nach Ägypten, eiserne Öfen nach Syrien und feinste Gussware nach New York.

Wenn ich es einrichten konnte, besuchte ich den Isis-Brunnen in der Vorstadt Breitenfeld. Gemeinsam mit den Eltern war ich dabei gewesen bei seiner feierlichen Eröffnung im Jahr 1834. Mutter und ich trugen weiße Kleider und ich bildete mir ein, wie eine jüngere Kopie von ihr auszusehen. Ich wollte so werden wie sie, die glückliche Gattin eines außergewöhnlich klugen Mannes, und gleichzeitig wollte ich so werden wie Vater, ein Erfinder, Wissenschaftler, Forscher. Das war wenige Monate, bevor Mutters Krankheit sie in Stuttgart endgültig niederschlug und langsam in den Tod hinübergeleitete.

Es war für Vater ein besonderer Tag. Der Isis-Brunnen war ein Renommierstück der Blansker Eisenwerke, der erste gusseiserne Brunnen in Wien, Auslaufbrunnen der neuen Albertinischen Wasserleitung. In der Nacht zuvor hatte man die Statue der Göttin Isis auf ihrem Sockel montiert und mit einem weißen Tuch bedeckt. Nun wurde dieses mit einem kräftigen Ruck heruntergezogen und man staunte über die rabenschwarz angemalte, makellose Eisengestalt. Sie trug ein Kleid mit prachtvollem Faltenwurf, in der linken Hand hielt sie eine Amphore, in der rechten wie ein Szepter das Sistrum, die Rahmenrassel mit metallischem Klang. Der Kaiser selbst öffnete den Zufluss, aus je einem eisernen Löwenmaul an der Vorder- und der Rückseite des Brunnens begann das Wasser zu sprudeln und ein freudiges „Ah!" ging durch die Menge. Kristallklar war das Wasser, eine große Erleichterung für die Menschen und Pferde der Vorstadt. Die Einzigen, die fluchten, waren die Wasserträger, die hier nun kein Geschäft mehr machen konnten. Der Abt des Schottenstiftes weihte das Wunder, es gab Bier und Süßigkeiten, bunte Wimpel und Musik.

Jahr für Jahr stand die Göttin dort unverrückbar auf dem Brunnen, ein exotischer Gast aus Ägypten, eine Erinnerung an Blansko, eine echte Wienerin: von weit her gekommen und heimisch geworden. Im Frühjahr war sie mit weißen und roten Kastanienblüten bestreut, im Winter lag Schnee auf ihren Schultern. Bei allem, was verloren war, war sie für mich etwas, das blieb.

Stärke, die. Substantiv, feminin:
Weißes Pflanzenpulver. Mit Wasser verrührt, ist die entstehende Mischung fest und flüssig zugleich. Fest, wenn man mit der Hand darauf schlägt, flüssig, wenn man mit den Fingern langsam hineinfährt.

Anders als andere Kinder, die gerne mit Kätzchen spielten, auf Ponys ritten oder weinten, wenn ein noch zappelnder Fisch der Länge nach aufgeschnitten wurde und ein tätiges Herz aus ihm zuckte, war ich, als ich klein war, weitaus weniger an der Fauna interessiert als an der Flora. Die Hunde im Haus waren für mich Dekoration, das Kälbchen auf der Weide ein beweglicher Teil der Landschaft, der Habicht am Himmel ein dunkles Gestirn. Sah ich hier alles verlangsamt und am Rand, selbst wenn eine Treibjagd die Schnepfen aufwirbelte und Hasen schreien und Pferde stürzen ließ, nahm ich umso deutlicher die schleichenden Veränderungen im Leben der Pflanzen wahr, egal ob am riesigen Baum oder am winzigsten Moos. Da konnte ich mich auf den Boden legen und ganz nah an die Miniaturwäldchen herangehen, bis mir die Augäpfel brannten und die Tränen herabrannen und ich den Kopf wieder ein Stück zurücknehmen musste, um etwas zu sehen. Wenn mir gleichzeitig ein Welpe mit warmer, nasser Zunge die nackten Waden ableckte, weil mir beim Auf-dem-Bauch-Liegen das Kleid hoch- und die Strümpfe hinuntergerutscht waren, bemerkte ich das nicht. Ich sah sich dehnende Knötchen und Ästchen, Sterne, Stiele, Blättchen und Härchen, alles, was von weiter weg wie ein einfacher grüner Film wirkte, zeigte sich mir in den filigranen Einzelheiten seiner Zusammensetzung. Ich riss mit den Augen große Stücke aus der Natur, riss sie kleiner und immer kleiner, bis sie winzige Fragmente waren, in denen sich das wohlgeordnete elysische Universum präsentierte.

Es war eine große Erleichterung, als mir Vater sein altes, zerkratztes Brennglas schenkte, nachdem er selbst das allerneueste aus England bekommen hatte. Und weil es ein Brennglas war, reizte es mich auch, einen Sonnenstrahl einzufangen und ein schwarzes Loch in das eine oder andere Mooswäldchen zu brennen, um in den folgenden Wochen zu beobachten, wie lange es dauerte, bis die Wunde sich schloss, vernarbte und schließlich vollständig vergessen war.

Es konnte nicht ausbleiben, dass ich mir auch über das Licht Gedanken machte. Tropfende, sprühende und spritzende Lichter gab es in der Natur, Gewitterblitze, schwankende Phänomene in sonnenbeschienenen Wäldern, von Pferdehufen aufstiebende Funken, und es gab sie in den vom

Menschen geschaffenen Spiegeln, Glasscheiben und Feuerwerken, alles reflektierte dort geordnet und explodierte kontrolliert, bis die Natur wieder auftauchte, mit Erdbeben, Flut und Gewitter kam und die Herrschaft über das Licht wieder in jener großen Hand lag, die breite Strahlen aus den Wolken sandte und Kugelblitze warf.

Wie waren Samen gebaut, sodass sie kreiselten, zerstoben, auf den Luftströmen trieben wie Algen in denen des Wassers? Wie hingen die alten Ahornsamen noch am Baum, spröde, vergilbten Libellenflügeln gleich oder Buchseiten aus uralter Zeit, wie kamen an ihrer Basis schon grün die neuen Knospen hervor? Wie waren Ranken verstrickt und verhäkelt? Wie strichelte das Wintergeäst in der Sonne? Wie flimmerte das Laub?

Auch in der Küche fand ich Studienobjekte. Allein die Herrlichkeit der Kohlgewächse! Die rot-weiße Struktur eines aufgeschnittenen Blaukrautkopfes. Die Rosetten des Karfiols. Kohlsprossen, die aus einem dicken Stamm quollen, von Blättern überlappt. Die verzweigten Blattrippen des Wirsings, von denen das Wasser abperlte, als wären sie aus Wachs. Und dann die Erbsenschoten, in denen jede einzelne Erbse sorgfältig festgemacht war, sodass sie die Nachbarin nicht berührte. Die schwarzen Johannisbeeren mit ihren holzigen Zipfeln an der Oberseite. Die Kartoffeln, die man nach dem Schälen ins Wasser legte, und am Grund der Schüssel blieb das weiße Sediment der aus ihnen ausgetretenen Stärke zurück.

Doch auch das Verhalten der Pflanzen interessierte mich – ich nannte es zumindest Verhalten, wenn ich eine intelligente Bewegung ausmachte. Schneerosen etwa legten sich bei Sonnenuntergang zum Schlafen nieder, dabei sahen sie aus, als seien sie verwelkt und tot, doch am nächsten Morgen richteten sie sich wieder auf. Rankpflanzen tasteten nicht einfach blind in die Luft hinaus, sondern bewegten sich genau auf die Stellen zu, an denen sie sich festhalten konnten – fast, als könnten sie sehen. Bienen, Hummeln, Schmetterlinge wurden von den Blüten durch Farbe und Duft zur Bestäubung angelockt und mit Nektar belohnt. Mit Stacheln und Giften dagegen schützten sich Pflanzen vor dem Gefressenwerden. Sie wehrten, nährten und vermehrten sich wie wir.

Je länger ich darüber nachdachte, dass Pflanzen doch eigentlich unbeseelt sein sollten und somit wie Steine, desto mehr bekam ich das Gefühl, dass vielleicht auch Steine beseelt waren.

Ich sammelte Samen, machte Flugexperimente, zeichnete und trocknete sie, verwahrte sie in beschrifteten Papiertütchen. Im Frühjahr streute ich sie wieder aus, vorzugsweise im Gemüsegarten, wo die Erde schön umgegraben war und man die Keimlinge gleich sah. Als der Gärtner entdeckte, dass ich diejenige war, die Kletten bei den Karotten, Schierling bei den Erdbeeren und Kornblumen bei den Gurken einschleuste, gab er mir ein eigenes Beet, in dem ich schalten und walten konnte, wie mir beliebte. Ich durfte sein Werkzeug verwenden und er zeigte mir, wie man es handhabte. Im Sommer dann hatte ich eine fantastische Wucherblumenlandschaft erzeugt.

So lernte ich von den Gärtnern und Bauern, den Küchenmädchen und Hauslehrern, den Förstern und Feldarbeitern, von Mutter und Missy, Agathe und Doktor Kornfeld – jeder, der nur irgendetwas über Blumen, Früchte oder Bäume zu sagen wusste, war mir recht. Ich lernte aus Büchern und durch Zeichnen, Beobachten und Experimentieren, am meisten jedoch lernte ich von Vater, der es auf sich nahm, mein natürliches Interesse nutzbar zu machen und mich zu einer Botanikerin auszubilden, die eines Tages auf der Höhe ihrer Zeit arbeiten würde können.

„Schad wär es um das Mädel, wenn man sein Talent mit Stickereien ersticken würde", pflegte er zu sagen. Sticken lernen musste ich aber doch, da führte kein Weg dran vorbei. Immerhin durfte ich bald meine Muster selbst entwerfen, und so waren meine aus feinstem Garn gezurrten Blumensträuße nicht unbedingt schön, aber wissenschaftlich korrekt. Vielleicht half das Sticken sogar dabei, dass ich mich noch mehr für die Zusammensetzung des Großen aus dem Winzigen interessierte. Um den Rätseln der Natur beizukommen, dachte ich mir, musste man genauer hinsehen, genauer und noch genauer. Ich wollte wissen, wie die Pflanzen innerlich aufgebaut waren, Dinge erkennen, die das bloße Auge übersah, die Zellstrukturen erforschen, die dem, was uns als Garten oder Wald oder Lichtung erschien, zugrunde lagen. Bald durfte ich Vaters kostbares Mikroskop auch ohne Aufsicht benutzen.

Das Wichtigste, das ich von Vater lernte, war jedoch nicht das Botanisieren und Mikroskopieren, das Studieren und Analysieren, die Arbeit im freien Feld, in Labor und Herbar, sondern etwas ganz anderes, das ich erst viel später verstand: Rückschläge durften niemals Endpunkte sein, wer vom Pferd fiel, saß sofort wieder auf.

Dies half mir nicht nur bei der Arbeit, sondern im Leben ganz allgemein. Nachdem Vater von seiner unseligen Büßerfahrt nach Schloss Raitz ohne seinen Leibdiener Steckerl zurückgekehrt, mein letztes Paar Schuhe aus Blansko eingetroffen und damit das alte Zuhause endgültig verabschiedet war, nahm ich meine Kräfte zusammen und richtete mich im neuen Leben ein.

Die Lage von Schloss Cobenzl war für mich ideal. Auf der einen Seite hatte ich den Park und meine Beete, um Experimente anzustellen, auch ein Glashaus hatte ich schon errichten lassen, um die exotischen Pflanzen, die im kaiserlichen botanischen Garten von Schönbrunn zu bekommen waren, zu ziehen und zu vermehren.

Auf der anderen Seite aber, gleich hinter dem Schloss, lagen die endlosen, nahezu unberührten Wälder, in denen ich die Natur dabei beobachten konnte, wie sie sich ohne menschlichen Einfluss verhielt. Bäume gehörten für mich seit jeher zu den wundersamsten Pflanzen, waren sie doch Lebewesen und Gebäude zugleich. Die vielstöckigen Astpaläste, ich liebte sie alle, die kleinnadeligen, die groß-blättrigen, die feingliedrigen, die grobschlächtigen, die Eichen und Eiben, die Erlen und Eschen, die Linden und Birken, die Fichten und Föhren, die Rot-buchen und Schwarzpappeln, die Silberlinden und Goldahorne. Ich wollte immer schon in die Wälder hinein, tiefer und tiefer, anders als andere Menschen, die sich in ihnen fürchteten und verirrten. Die lieber hinaustraten auf eine Wiese oder ein Feld und über baumlose Hügel schauten, auf baumlose Stein-schachteldörfer herab. Nur angepflanzte Bäume mochten sie, Platanen und Kastanien als Schatten-spender im Gastgarten oder als Allee zum Fahren und Reiten, ein lehrreiches Arboretum mit möglichst exotischen Arten, selbstverständlich auch einen Obst-garten mit nützlichen Apfel- und Zwetschkenbäumen, aber das Ungeordnete, Dichte und Übermächtige des Waldes gefiel ihnen nicht.

Wenn der Mensch in die Wildnis geht, bietet sich ihm alles als eine Einheit dar: Ein gemeinsamer Atem geht durch das Grün, alles wogt und wächst in unerklärlicher Fremdheit und zieht an einem Strang. Pilze, Bäume und Farne bilden einen gemeinsamen Haushalt. Kein Wunder, dass man darin Elfen ver-mutet und Kobolde, die die Sprache der Kräuter und

Büsche verstehen. Den Menschen erschreckt man mit herabfallenden Ästen und verwuchert ihm den Weg. Zahllose Augenpaare starren ihn an, während er sich einsam glaubt, Vögel, Rehe, Schmetterlinge, Käfer, Hasen, Wölfe und Werwölfe. Der Wald bietet ihnen Schutz, Blätter, Wurzeln, Stämme verdecken sie, Vorhänge tun sich auf und schließen sich wieder.

Sieht man jedoch genauer hin, herrscht unter den Pflanzen keinerlei Eintracht. Sie bekämpfen einander nicht anders als Menschen und streben danach, einander zu überwachsen, zu ersticken und auszuhungern. Man sieht, wie die Wicke das Schilf niederzwingt oder der Hopfen die Esche oder die Waldrebe gemeinsam mit der Brombeere alles, was ein Baum war oder werden wollte, dabei zu einem dichten Gestrüpp verschmelzend, in dem das Ringen weitergeht.

Die hohen Bäume nehmen allem darunter Wachsenden das Licht weg, man gräbt einander den Saft ab, unter und über der Erde tobt ein Kampf um Wasser und Nährstoffe und Sonne, der Gnadenlose setzt sich durch, der Schüchterne geht ein, zwar kann auch David Goliath besiegen, aber Goliath ist nicht umsonst groß geworden. Und dann, wenn man denkt, es hätte sich alles fest eingespielt und die Grenzen der Reiche wären für immer abgesteckt, tritt eine Änderung ein, ein Sturm wühlt sich durch den Wald, eine Mure geht ab oder ein Fluss tritt über die Ufer, die stolzesten Bäume werden geknickt und entwurzelt, die dichtesten Gestrüppe abgerissen, der üppig besiedelte Boden mit Schlamm übergossen. Die Machtverhältnisse verschieben sich von Norden nach Süden, von oben nach unten, von der Mitte an die Ränder, dann wieder neu und kreuz und quer und retour.

Doch sieht man noch genauer hin, kann es auch wieder ganz anders sein. Vielleicht nimmt der hohe Baum dem Schössling nicht die Sonne weg, sondern spendet ihm seinen Schatten und schützt ihn damit vor Ausdörrung. Wie kommt es, dass mit einem großen Baum, den man aus dem Wald herausschlägt, auch so vieles andere stirbt? Hat sein weit ausgreifender Einfluss etwa mehr genährt als nur ihn selbst? Warum sind bestimmte Pilze nur in Gemeinschaft mit bestimmten Bäumen zu sehen? Gibt es unter den Pflanzen womöglich auch Almosen, Erbschaften, Löhne und Geschenke?

Das Schöne an der Wildnis ist, dass ihr kaum beizukommen ist. Sie dringt ein in die Felder und Gärten, Klee drängelt sich um die Rosenbüsche und der Gärtner kommt mit dem Jäten nicht nach. Lässt man ein Bauwerk leerstehen oder eine Straße unbenutzt, werden sie schnell von Pflanzen besiedelt und verschlungen.

Dass es im Wald war, wo Carl mich zum ersten Mal küsste, zeigte mir, dass er verstanden hatte, wo ich mich wohl fühlte, wo ich zu Hause war. Anders als die meisten Männer hatte er die Zeit in meiner Gesellschaft nicht nur darauf verwandt, von sich zu reden, sein Rad zu schlagen und zu dozieren, sondern auch danach getrachtet, mich kennenzulernen. Im Lauf der Jahre waren wir einander alles Mögliche gewesen, Freunde, lose Bekannte, Duellanten, Geschwister, gleichgültige Nebenfiguren, und dabei hatte er immer zugehört und beobachtet, als der Wissenschaftler, der er war: so unauffällig wie möglich, um das Ergebnis der Beobachtung nicht zu beeinflussen. Im Jahr 1846, sechs Jahre nach unserer ersten Bekanntschaft, veränderte sich etwas. Mir wurde heiß, wenn Carl zur Tür hereinkam, ich wurde lustiger, wenn wir zusammen spazierengingen. Unsere Wanderungen wurden länger und wir wussten sie zeitlich so anzusetzen, dass alle, die wir um Begleitung fragten, leider verhindert waren. Eines schönen Herbsttages dann blieb Carl mitten im Wald plötzlich stehen, nahm meine beiden Hände in seine und tanzte einen kleinen Reigen mit mir.

„Darf ich Sie küssen, Baronesse?", fragte er mit einem spöttischen Unterton, der beabsichtigt, und einem Zittern in der Stimme, das unwillkürlich war.

Rund um uns war alles leuchtend gelb, die Blätter auf den Bäumen, das Laub auf dem Boden, die Sonnenstrahlen, die hereinfielen. Es duftete nach Moos und Pilzen, ein Specht hackte laut an den verborgenen Kammern der Pochkäferlarven.

Ich verdrehte die Augen. „Ich kann dich nicht heiraten, Carl."

„Ich weiß", sagte er, und dann küsste er mich.

Erst auf dem Heimweg fiel mir ein, ihn zu fragen, wie er denn wissen konnte, weshalb eine Heirat für mich ausgeschlossen war.

„Hat dir Vater etwas gesagt?", fragte ich. „Oder kannst du hellsehen?"

„Nein, dein Vater hat nichts gesagt", erwiderte er, „aber das ist doch nicht so schwer zu erraten. Du kannst nicht heiraten, weil du ihn nicht verlassen kannst. Das verstehe ich."

Ich schwieg, doppelt überrascht von dem Grund, den er für mein Zölibat annahm, und der Tatsache, dass er diesen verstand.

„Oder eigentlich verstehe ich es nicht", fuhr er plötzlich fort. „Dein Vater wäre doch nicht einsam. Ottone wäre bei ihm und Fräulein Ida, ganz zu schweigen von all den Sensitiven und Gelehrten, mit denen er sich umgibt. Ich weiß, du bist eine unentbehrliche Hilfe für ihn bei der Arbeit, aber das könnte doch ein aufstrebender Wissenschaftler übernehmen, ein Assistent, der im Schloss wohnt und dabei ausgebildet wird. Es gibt genug junge Leute, die einen solchen Posten liebend gerne annehmen würden."

„Da hast du wohl recht", sagte ich und überlegte, ob ich den wahren Grund noch ein wenig verschweigen sollte, damit er mich weiterhin küsste. Doch das Verantwortungsbewusstsein rief mich zur Ordnung, dieses Missverständnis durfte nicht allzu lange aufrechterhalten werden.

„Aber du irrst dich", sagte ich. „Auch wenn Vater wohl sehr unglücklich wäre, wenn ich ihn verließe, ist das nicht der Grund, weshalb ich nicht heiraten kann. Küss mich noch einmal, dann sage ich dir den wahren Grund ..."

In diesem Moment hörten wir Stimmen und Schritte, Vater kam mit einigen Gästen den Waldweg herauf, und schon winkte man uns zu. Carl und ich traten auseinander, als wäre nichts geschehen.

Mehrere Wochen vergingen, in denen wir uns kaum sahen, und wenn, dann nur in Gesellschaft. Carl ließ sich nichts anmerken, behandelte mich, als wäre nie etwas zwischen uns geschehen. Ich hielt das für klug und war erleichtert, dass es keinerlei Peinlichkeit gab, die Notwendigkeit, ihm auszuweichen, oder was man sonst so in Romanen las. Dann ging er auf Reisen und schickte nur zwei Mal allgemeinste Grüße an die ganze Familie. Das wunderte mich, denn schließlich hatte er vor der Küsserei auch Nachrichten an mich allein versandt. Möglicherweise befürchtete er, dies könnte nun Aufmerksamkeit erregen oder eine solche private Botschaft durch ein Missgeschick gar von Vater oder anderen Unberufenen gelesen werden. Ja, es war wohl vernünftiger, jetzt nicht durch allzu viele duftende Brieflein das Interesse auf unsere Annäherung zu lenken, da hatte er recht.

In dieser Zeit geschah es, dass sich bei einer von Vaters besten Sensitiven eine erstaunliche Entwicklung manifestierte, was ihm großen Kummer verursachte. Fräulein Leopoldine Reichel, die uns so unschätzbare Dienste bei der Beschreibung der Od-Emanationen auf Gräbern erwiesen hatte, hatte im Vorjahr geheiratet und hieß nunmehr Frau Liebermann. Ihr Gatte war Beamter in der Hofkammer mit unklarem Pouvoir, aber exzellenten Aussichten, was sein zukünftiges Avancement betraf – zumindest war es das, was wir den Erzählungen der stolzen Eltern Reichel entnehmen konnten. Das junge Paar bezog eine hübsche Wohnung in der Schönlaterngasse, nicht weit von unserer Stadtwohnung in der Bäckerstraße. Wenige Wochen später erhielt Vater eine Nachricht von Frau Liebermann, in der sie in fassungslosem Ton berichtete, sie habe all ihre Fähigkeiten verloren. Sie sei keine Sensitive mehr!

Noch am selben Abend, sobald es dunkel geworden war, eilten wir zu ihr mit einem Magneten, einem Bergkristall und einem Strauß Narzissen. Vater ließ die Liebermann'sche gute Stube verdunkeln, sodass nicht ein einziger Lichtstrahl von der Straße hereinkam. Dann platzierte er die mitgebrachten Dinge an verschiedenen Stellen und ließ Frau Liebermann mit verbundenen Augen hereinführen. Er löschte die Kerze und nahm ihr im Dunkeln die Augenbinde ab. Dann warteten wir. Normalerweise war es so gewesen, dass Frau Liebermann nach kürzester Zeit die von den besagten Gegenständen ausduftende Lohe zu sehen begann und genau beschreiben konnte, wo im Raum sie sich befanden. Bei Blumen konnte sie oft sogar aufgrund der jeweiligen Färbung und Intensität der

Lohe angeben, um welche Art es sich handelte. Diesmal aber geschah nichts, wenn man davon absah, dass Frau Liebermann leise zu schluchzen anfing.

„Geduld, mein Kind", sagte Vater, „vielleicht ist Ihre Fähigkeit nur schwächer geworden. Sie wissen doch, dass manche Sensitive über eine Stunde in der Dunkelheit verharren müssen, ehe sie etwas sehen." Doch auch eine Stunde später sah Frau Liebermann nichts. Die Sache war vollkommen unerklärlich.

Wieder einige Wochen später teilte Frau Liebermann mit, dass sie guter Hoffnung sei. Hier eine Kausalität zu vermuten, lag nun nahe – sollte tatsächlich eine Schwangerschaft auf weibliche Sensitive die Auswirkung haben, dass sie für die Dauer derselben ihre Fähigkeiten einbüßten? In regelmäßigen Abständen führte Vater Experimente mit Frau Liebermann durch, um festzustellen, ob sie weiterhin für die Od-Wahrnehmung unempfindlich blieb. Und dann, in der zweiten Adventwoche, kam das Kind auf die Welt. Es war ein Mädchen, das auf den Namen Amalie getauft wurde. Frau Liebermann ließ wissen, dass ihre Sensitivität nicht zurückgekehrt sei und dass sie aufgrund ihrer nunmehrigen Pflichten nicht mehr für Experimente zur Verfügung stehe.

Ottone, Vater und ich statteten der jungen Familie einen Besuch ab, um Geschenke zu bringen und das Kind zu bewundern. Da es ein Sonntag war, war Herr Liebermann zugegen, den seine Gattin jedoch nicht im Geringsten beachtete, da sie ganz mit dem Neugeborenen beschäftigt war. Auch die

Säuglingswärterin stand ganz nutzlos herum, da die junge Mutter ihr Kind ständig selbst halten, wiegen, kitzeln, küssen und abwischen wollte. Der Verlust ihrer Sensitivität und damit ihrer Brauchbarkeit als Informantin der Wissenschaft schien ihr keinerlei Sorgen mehr zu bereiten.

Wir alle standen da wie Schatten vor dem fröhlich gurrenden Kind mit seinen dunklen runden Augen, in die man immerzu hineinschauen wollte wie in den Brunnen des Lebens, vor der duftenden, blühenden, wärmenden Fruchtbarkeit Frau Liebermanns. Alles schien sie mir in diesem Moment bekommen zu haben, erst die Gabe der Sensitivität und dann die Gabe der Fortpflanzung. Nie, nie würde ich so glücklich sein wie sie. Ausgerechnet ich, die ich mit so vielen Feinheiten der Biologie vertraut war, war von dieser im Stich gelassen worden.

Doch das war noch nicht alles, denn nach einer Weile fiel mir auf, dass auch Ottone ungewöhnlich gut gelaunt war. Sie war ja nicht unfruchtbar wie ich, sie konnte sich ja Hoffnungen machen. Hatte ihre gehobene Stimmung mit Dr. Alfred Julius Becher zu tun, der seit einiger Zeit in unserem Haus verkehrte? Von Anfang an war sie, die Kühle, fast Nonnenhafte, von ihm fasziniert gewesen. Er war ein weitgereister Mann, der die vierzig schon überschritten hatte, ein studierter Jurist und Advokat, der sich schließlich ganz der Musik verschrieben hatte. Als Professor für Musiktheorie war er in Den Haag und London tätig gewesen und schließlich nach Wien gekommen, wo es ihm so gut gefiel, dass er laut eigener Aussage für immer hier zu bleiben wünschte. Wir alle mochten den charmanten, aufgrund seiner Fähigkeit zu leidenschaftlicher Begeisterung gewinnenden Witwer. Mit seinen die Melodie verachtenden, geistreich-abstrakten Kompositionen reüssierte er jedoch nicht. Er litt an notorischer Geldknappheit, weshalb er in verschiedenen Häusern Unterricht gab. Obwohl Ottone schwerlich Unterricht brauchte, hatte sie Vater überredet, den gern gesehenen Gast für ihre „musikalische Weiterbildung" zu engagieren. Lächelte sie etwa deshalb so stolz, weil eine beginnende Liebe sie zu Träumereien verleitete? Es war, als wäre der Frühling ausgebrochen, obwohl es mitten im Winter war.

Carls Schweigen peinigte mich von Tag zu Tag mehr. Während Ottone mit ihrem Dr. Becher am Flügel saß, um eine seiner schrecklichen Kompositionen einzustudieren, lauschte ich nach dem winzigsten Geräusch an der Tür, das das Eintreten eines Boten mit einer Nachricht ankündigen hätte können. Die Tür öffnete und schloss sich unzählige Male, auch Nachrichten wurden gebracht, aber mit jedem Lebensrädchen, das sich weiterdrehte, rückte Carl ein Stück von mir fort. Auch wenn er mich aufgrund meiner physischen Beeinträchtigung ohnehin nicht würde heiraten wollen, wurde mir allein durch sein Schweigen klar, was auf mich zukam: Noch wenige Jahre und ich würde eines von diesen bedauernswerten, verachteten

Geschöpfen sein, die man erst „alternde Mädchen"
und schließlich „alte Jungfern" nannte. Ein ewiges
Fräulein würde ich sein, eine ewige Freiin, die nie
gefreit hatte.

Aber weshalb wollte ich ihn denn unbedingt
wiedersehen? Nur um ihm sagen zu können, weshalb ich ihn nicht heiraten konnte? Wollte er mich
überhaupt heiraten? Hatte er sich nur einen Spaß
mit mir erlaubt? Oder? Vielleicht? War ich verrückt?
Hatte ich mir alles eingebildet und waren diese Küsse
nie geküsst worden? Hatte ich mir die Ereignisse im
gelben Buchenwald zusammenhalluziniert, so deutlich wie meine Zauberfahrt auf einem Floß in den
mährischen Karsthöhlen? War meine Verrücktheit
der Grund, weshalb er verschwunden war? Hatte sein
Verschwinden gar nichts mit mir zu tun, weil nie etwas
zwischen uns geschehen war?

Am zweiten Tag des neuen Jahres endlich meldete
sich Carl mit einer Einladung zu einer Schneeball-
schlacht. Es handelte sich um einen Brief, der offenbar an mehrere Personen erging. Er wolle versuchen,
schrieb Carl, mit einer Gruppe von „abenteuer-
lustigen" Damen und Herren eine Daguerreotypie mit
Bewegung aufzunehmen, ähnlich jenen der Brüder
Natterer, jedoch mittels einer etwas anderen Methode,
zu welchem Zweck er zu einer „konzertierten" Schnee-
ballschlacht einlade. Man möge sich am folgenden Tag
um zwölf Uhr mittags an einer bestimmten Stelle auf
dem Josefstädter Glacis einfinden, das nun gerade

unbenutzt sei, da sich die Militärpferde in Weihnachtsruhe befänden. Die Teilnehmenden würden ersucht, dunkle Kleidung zu tragen, um sich gut von dem Schnee abzuheben. Im Anschluss würde es einen Umtrunk im Palais der Gräfin Orthuga an der Mölker Bastei geben.

Was hatte das zu bedeuten? Wollte Carl mich im Besonderen wiedersehen oder war ich abgerutscht in das zufällige Sammelsurium von Bekannten, die man zu einem lustigen Winterexperiment bestellte? Vater und Ottone waren auch eingeladen, jedoch bedauerlicherweise verhindert. Sollte ich hingehen oder nicht? Viel Zeit zu überlegen hatte ich nicht, da der Bote, der den Brief gebracht hatte, auf die Antwort wartete, und so sagte ich zu.

Am nächsten Tag ging ich zu Fuß zum Treffpunkt, begleitet von meiner Kammerjungfer Faninka. Als wir am Glacis eintrafen, waren etwa zwanzig Personen versammelt. Carl baute gerade seine Apparatur auf und befahl, den schönen Schnee vorläufig so wenig wie möglich zu zerstören. Wir standen herum, plauderten, froren, lachten. Die Gräfin Orthuga ließ ein silbernes Fläschchen mit Rum herumgehen. Der Himmel war bleich, das Licht gleißend, was vermutlich gut für das Bild sein würde.

Dann ging es los. Jeder von uns wurde an eine bestimmte Stelle positioniert, dabei fiel mir auf, dass Carl mich siezte. Er zählte: „Drei, zwei, eins – los!", und wir alle griffen in den Schnee, formten ihn zu Bällen, schossen jeder auf jeden, so schnell es ging.

Formten, schossen, lachten, duckten uns, formten, schossen, schrien.

„Vielen Dank, meine Herrschaften, Sie können jetzt aufhören!", rief Carl. Wir hielten inne: Das Kameraobjektiv war wieder bedeckt, unsere Arbeit getan. Wir begannen uns den Schnee abzuklopfen. Die Gräfin Orthuga ersuchte uns im Interesse unserer Gesundheit, schleunigst den Weg in ihren gut geheizten Salon anzutreten.

Während die meisten weltgewandten Damen sich der Förderung der Künste – oder vielmehr: der Künstler – verschrieben, war die Gräfin Orthuga für ihren Einsatz für die Wissenschaft bekannt. Es hieß, dass ihr Mann auf seinen polnischen Gütern ein wüstes Leben führte – während sie sich in Wien allerdings auch recht gut zu unterhalten wusste, wie mir schien.

Es gab heißen Punsch, Canapés mit Hummer- und Sardellenbutter, Schinken in Aspik und Kaviar, kandierte Weinbeeren und mit Marzipan gefüllte Bratäpfel. Alle waren erhitzt und durchfroren zugleich, die Stimmung wurde schnell ausgelassen. Meine Wangen brannten von dem starken Punsch, oder war es von dem glühenden Kachelofen, neben dem ich saß? Carl sprach mit allen Leuten, nur nicht mit mir, und ich sprach mit allen Leuten, nur nicht mit ihm. Ich hatte den Eindruck, dass er besonders viel mit der Gräfin sprach. Angemessen viel oder zu viel? Was ging es mich an? Am Flügel wurden lustige Stanzen intoniert, ein Sänger und eine Sängerin übernahmen die Strophen, in den Refrain stimmten alle mit ein. Die Luft flimmerte, aus den Zigarren stiegen Rauchschlangen auf. Es schien mir, als ob alle undeutlich reden würden, lallen, nuscheln – oder war ich es, die undeutlich hörte? Draußen wurde es schon finster, obwohl es noch nicht spät war. Plötzlich sah ich, wie Carl mich von der anderen Seite des Raumes her anlächelte. Das erboste mich so, dass ich beschloss zu gehen.

Kaum war ich im Hausflur und hatte den Mantel angezogen, der in der Zwischenzeit am Feuer getrocknet worden war, stand Carl neben mir: „Ich darf Sie doch nach Hause begleiten?"

„Danke", sagte ich so kalt wie der Schnee draußen. „Danke nein. Es ist nicht nötig und es ist doch ein Umweg für Sie."

„Ein Umweg, den ich gerne mache", erwiderte Carl und gab Faninka Anweisung, mit der Laterne vorauszugehen, um uns den Weg zu leuchten.

In dichten Flocken fiel der Schnee. Carl bot mir den Arm, und um nicht auszurutschen, nahm ich ihn. Überall arbeiteten Männer, die mit kratzenden Geräuschen Lücken in die Schneedecke schaufelten und Haufen aufwarfen, die dann erst wieder im Weg standen. Mir fiel auf, dass Carl die perfekte Größe für mich hatte: größer als ich, aber nicht zu groß. Sein Arm hatte auch die perfekte Stärke für mich: Halt gebend, aber nicht unnachgiebig wie Eisen.

„Ich habe nachgedacht ...", sagte Carl.

„Zeit genug hattest du ja", sagte ich.

„Ich weiß, dass du mich abgelehnt hast ...“

„Carl!“, rief ich. „Ich habe dich nicht abgelehnt!“

„Ich meine mich deutlich zu erinnern, dass du gesagt hast: ‚Ich kann dich nicht heiraten, Carl.‘“

„Ja. Voraussichtlich. Es ist deine Entscheidung.“ Um keine weitere Zeit zu verlieren und obwohl ich fürchtete, Passanten oder Faninka könnten uns hören, erzählte ich Carl Schuh mitten auf der Straße von meiner Unterleibserkrankung und deren Folgen. Kaum hatte ich es ausgesprochen, begann ich zu frösteln wie kurz vor einer Ohnmacht. Erledigt. Nun war es erledigt. Carl würde einen Schritt zurücktreten, eine förmliche Verbeugung machen und sagen: „Ich danke Ihnen für Ihre Aufrichtigkeit.“

Er legte seine behandschuhte Hand auf meine, die in seiner Ellenbeuge lag. „Kinder sind keine Notwendigkeit“, sagte er. „Ich bin ja kein Fürst, der einen Titel und Güter zu vererben hätte.“

Die Daguerreotypie war misslungen, ein Durcheinander von verwischten, verschwommenen Schatten. Am deutlichsten war ich selbst zu erkennen, zum einen, weil Carl mich im Vordergrund, ganz nah bei der Kamera positioniert hatte, zum anderen, weil ich im Werfen wohl gerade still gehalten hatte: Mein langer schwarzer Mantel bauschte sich hinter mir, man erkannte die erhobene Hand. Um den dunklen Fleck, der mein Kopf war, leuchtete ein Schein, als hätte die Kamera Od festgehalten, das den Anwesenden verborgen geblieben war.

Revolution, die. Substantiv, feminin:
Für die einen: Versuch der Erfüllung persönlicher Wünsche durch eine gesellschaftliche Bewegung. Für die anderen: Gefahr, dass durch eine gesellschaftliche Bewegung der Erfüllung persönlicher Wünsche ein Ende bereitet wird. Für viele: Kehrtwende vom Regen in die Traufe.

Der Tag, an dem Ottone das väterliche Zuhause für immer verließ, hat im Kalender keinen Eintrag. Das genaue Datum kann auch nicht rekonstruiert werden, es ist ein zahlenloses Ereignis in den schwebenden, verschwimmenden, verschachtelten und durcheinandergewürfelten Tagen in den ersten beiden Maiwochen des Jahres 1848.

Wir waren noch in unserem Winterquartier in der Bäckerstraße und somit mitten im Geschehen. Es gab keine Linearität, alles passierte gleichzeitig. Die Katzen bissen sich in die Schwänze, die Teufelskreise kreisten, die Mächtigen hatten Angst und die Ohnmächtigen Mut, in den Straßen knallte, rauchte und loderte es und man wusste nie, ob man Freund oder Feind gegenüberstand. Kaum hatte man sich brüderlich und schwesterlich gefühlt, bekam man schon

Angst vor der Guillotine. In diesem Karneval konnte der Bettler, der als Napoleon verkleidet war, schon am nächsten Tag der wirkliche König von Frankreich sein. Gut und Böse tauschten unentwegt die Plätze, Masken und Kostüme wurden gewechselt und man fragte sich, ob man nun selbst verrückt geworden war oder die andern. Freiheit! Freiheit! Ottone war eine Tabakarbeiterin der Liebe geworden, die Väter hatten keine Gewalt mehr über die Kinder, Untertanen, Universitäten und Fabriken.

Wenig später tat ich es ihr nach und zog ebenfalls aus, alle warfen ihre Ketten ab, warum nicht auch wir? Die kleine Ottone war mein großes Vorbild geworden, eingehängt zogen wir durch die Gassen und rauchten Zigarren dabei, was uns begeisterte Zurufe von den Revolutionären aller Klassen eintrug, einschließlich der Tabakarbeiterinnen, die unser Rauchzeug hergestellt hatten. Wir fühlten uns geehrt, denn auch die einfachste Arbeiterin hatte nun Ehre zu vergeben, sie stand an unserer Seite und wir an ihrer, und nicht nur wir, viele Frauen, die nicht arbeiten durften, unterstützten die, die arbeiten mussten. An den Barrikaden vergaß man die Klassenschranken und blickte für eine kurze Weile hinüber in andere Welten, bevor man wieder das Bewusstsein darüber verlor, dass das Wickeln der mit einer Sirup-Storax-Mischung durchfeuchteten Virginierblätter mit schweren Rheumatismusschmerzen einherging.

Ottone hatte sich als Erste von Vater losgesagt, obwohl eigentlich ich es war, um deren Glück und Zukunft es im auslösenden Moment ging. Carl hatte bei Vater um meine Hand angehalten und dieser hatte abgelehnt.

„Nein, unter gar keinen Umständen", hatte Vater gesagt, und: „Es muss aber doch Umstände geben, unter denen Ihre Tochter heiraten darf", hatte Carl geantwortet. Ein lautstarker Streit brach aus, Carl war tapfer und preschte immer wieder vor wie ein Steinbock, der gegen eine Felswand kämpft.

„Nein", sagte Vater, „nein und nochmals nein, das ist mein letztes Wort. Meine Tochter kann nicht die Frau eines mittellosen Gauklers sein."

In diesem Moment rissen Ottone und ich die Tür auf, hinter der wir gelauscht hatten, und sprangen Carl zur Seite – Ottone weniger aus schwesterlicher Liebe als um ihrer selbst willen: Dr. Becher war für immer des Hauses verwiesen worden, nachdem Vater einmal versehentlich in die Liebesaura zwischen den beiden gestiegen war. Ein Mann ohne Vermögen und Einkommen? Er durfte nicht einmal an eine Freiin von Reichenbach denken.

Wir schrien, schrien unseren eigenen Vater an, und die Männer verstummten. Wie eine Statue blickte uns Vater an, während wir weinten, forderten, jammerten und drohten. Carl holte immer wieder Luft, um etwas zu sagen, schluckte es aber hinunter, trat einen Schritt vor und einen zurück.

Waren wir nicht erwachsen, älter als die meisten Frauen bei ihrer Heirat? Ottone war sechsundzwanzig und ich sogar schon neunundzwanzig Jahre alt. Wie lange sollten wir warten? Und worauf? War Vater nicht selbst von seinen Schwiegereltern unterschätzt worden, hatte nicht gerade er mit aller Macht um die Hand einer Frau kämpfen müssen, die damals viel besser situiert gewesen war als er? Und hatte er nicht bewiesen, was für einen Glücksgriff Mutter getan hatte? Warum wollte er uns dasselbe Glück nicht gönnen? Warum nicht? Warum nicht? Vater war zum Zeitpunkt seiner Verheiratung erst zweiundzwanzig Jahre alt gewesen, viel jünger und unerfahrener, als Alfred und Carl es waren! War Geld denn alles und Liebe nichts? Hatte er uns ein Schicksal als alte Jungfern zugedacht, erbarmenswerte Gestalten, die an der Seite ihres greisen Vaters bei lebendigem Leib zu Staub zerfielen? Und was war mit der Freiheit? Hatte er nicht selbst einst die Freiheit erstrebt und war dafür in Festungshaft genommen worden?

Endlich hatten wir alles vorgebracht. Carl begann in die durchschluchzte Stille hinein etwas von seiner sich stetig verbessernden ökonomischen Lage als Optiker zu referieren sowie seinen Plänen, eine galvanoplastische Anstalt zu eröffnen. Galvanoplastik war eine Technik, der Vater keine allzu große Wertschätzung entgegenbrachte – die „Statuettchen", die man damit herstellen konnte, konnten sich mit seinen monumentalen Eisengussfiguren nicht messen.

„Nein war mein letztes Wort und es ist immer noch das letzte", sagte er und ging zur Tür. Einmal noch drehte er sich um, schaute uns alle drei an und sagte: „Nein."

Mit diesem letzten Nein, das das eines kleinen Kindes war, das nicht aus seinem Spiel gerissen werden wollte, zerbrachen meine Furcht und Ehrfurcht vor ihm wie eine Eisdecke, unter der weiches, flüssiges Mitleid hervorkam. Er hatte zu diesem Zeitpunkt schon so viel verloren, Reputation, Freunde, wissenschaftliche Zirkel, Titel, Ehren, Berufungen, alles wegen des Ods, das ihn nicht losließ und das er nicht loslassen wollte. Immer weniger Menschen glaubten an das Od, manche tuschelten darüber, manche sagten es laut. Erst im Vorjahr hatte Vater eine schwere Beschämung erlitten, indem er nicht zu einem der vierzig ordentlichen Mitglieder der neu gegründeten Kaiserlichen Akademie der Wissenschaften ernannt worden war. Vierzig Mitglieder! Krethi und Plethi waren vertreten! Quasi jeder, der sich nicht weigerte! Ausgerechnet der Orientalist Joseph von Hammer-Purgstall, einer der Erzfeinde Vaters und von diesem nur „der falsche Kalif" genannt, war Präsident geworden.

Seine geliebte Gattin hatte Vater verloren und sein Leben in Blansko. Wegen des Verlustes der Generalvollmacht der Salm'schen Güteradministration hatte er einen langjährigen Prozess gegen den jungen Altgrafen geführt. Obwohl er mit einem für Vater überaus günstigen Vergleich ausging, hatte ihn der Streit von wichtigen gesellschaftlichen Kreisen nachhaltig isoliert. Er musste nun uns verlieren, weil er uns statt zur Demut zum Eigensinn erzogen hatte.

Nein, er musste uns verlieren, weil er uns keine rationale Begründung für sein Liebes- und Heiratsverbot geben konnte. Alfred Becher und Carl Schuh waren keinen Deut schlechter, als Vater es seinerzeit bei der Hochzeit mit Mutter gewesen war. Hatte sie uns nicht immer erzählt, wie froh sie gewesen sei, dass sie auf ihren Verstand gehört habe – ihren Verstand, nicht ihr Herz! –, der ihr gesagt habe, dass dieser Mann, der unser Vater werden sollte, seine außergewöhnlichen Anlagen mit Hilfe ihrer Mitgift in Taten, Werke, Erfindungen und Wohlstand umsetzen werde?

Obwohl also ich es war, deren Eheschließung gerade vereitelt worden war, war es Ottone, die am nächsten Morgen mit Hut und Mantel in das Frühstückszimmer trat und erklärte, sie gehe fort und werde erst zurückkommen, wenn Vater seine Meinung geändert habe. Fräulein Ida presste vor Schreck die Hand auf den Mund, ich spürte, wie mir schwindlig wurde. Nur Vater blieb ganz ruhig. Sorgsam prüfte er ein Stück Brot mit den Fingern, roch mit gerunzelter Stirne am Kaffee und beschwerte sich darüber bei Fräulein Ida, die Brot und Kaffee schließlich abservieren ließ, während Ottone wartend dastand. Vaters Blick fiel auf sie, als hätte er gänzlich vergessen, dass sie existierte, er winkte herablassend mit der Hand Richtung Tür und sagte: „Na geh schon. Niemand hält dich auf."

Man konnte beider Herzen brechen hören in diesem Moment, es war ein Knacken wie das eines Stämmchens, das äußerlich ganz vertrocknet war, innen aber von saftigen Strängen zusammengehalten wurde, die man mit Gewalt zerreißen musste.

Sollte ich es Ottone gleichtun? Das Nest verlassen wie ein Luchs, der nie wieder nach Hause zurückkehrt, weil er sein eigenes Revier braucht? Ich blieb aus einer Art Lähmung heraus, die ich mir als Hoffnung verbrämte. Wenn Vater einlenkte, wollte ich da sein – er würde ganz bestimmt einlenken, früher oder später, er war ja ein vernunftbegabter Mensch. Er würde einsehen, dass er uns nicht gefangen halten konnte, dass er sich für uns freuen musste, wenn wir heiraten wollten, dass er sich mitten in seiner eigenen privaten Revolution befand, die nach nichts anderem trachtete, als den Tyrannen zu friedlicher Einsicht zu bekehren.

Am Abend bat er mich, etwas auf dem Flügel zu spielen, ich versuchte mich an Liszt und Kalkbrenner, anspruchsvolle Stücke, da Vater die flotten Walzer und lustigen Märsche, die mir weniger Mühe bereitet hätten, verabscheute. Ich nahm jedoch wahr, wie er unruhig auf dem Sofa hin- und herrutschte, auf- und abzugehen begann und zu guter Letzt einfach den

Raum verließ, gleichsam als könnte er den jämmerlichen Abklatsch der Kunst meiner Schwester nicht länger ertragen.

Er ist nicht mehr er selbst, sagte ich mir. Er war unhöflich, unaufmerksam, verbohrt – vielleicht sogar wahnsinnig geworden? War er nicht der Zauberer vom Cobenzl, der an eine unbeweisbare Odkraft glaubte, die er weder sehen noch fühlen konnte, der für diesen Irrweg bereit war, alles zu opfern, da ausgerechnet er, der überzeugte Atheist, sich für Moses hielt, der sein Volk mit Hilfe von göttlichen Zeichen ins gelobte Land führen würde?

Was er nicht wusste, war, dass die Verbindung zwischen Carl und mir längst ein *fait accompli* war. Die körperliche Anziehungskraft zwischen uns war durchaus der zwischen Eisen und Magnet vergleichbar, ab einer gewissen Nähe half kein Kraftaufstemmen mehr und man musste sich einfach fallen lassen. Begünstigt wurde diese blinde Hingabe ausgerechnet durch den Umstand meiner Unfruchtbarkeit. Was konnte schon passieren? Wer kein uneheliches Kind zu fürchten hatte, hatte gar nichts zu fürchten. Den ganzen vergangenen Sommer hindurch hatte ich meine Kammerjungfer Faninka gut dafür entlohnt, dass sie Carl nachts durch Hintertüren und geheime Gänge in mein Zimmer auf Schloss Cobenzl brachte und morgens, bevor alle anderen aufgestanden waren, wieder hinaus. Ich konnte kaum glauben, dass ich so lange im Bewusstsein von Carls Existenz gelebt hatte, ohne ihr eine allzu große Bedeutung beizumessen. Es war, als hätte man jahrelang beiläufig einen Stein angesehen und plötzlich entdeckt, dass er eine Amethystdruse enthielt. Dabei lauerten wir ständig auf eine günstige Gelegenheit, das Thema einer Heirat aufzubringen. Gleichzeitig durfte Vater aber nichts von dieser Absicht bemerken, denn die Gefahr war groß, dass er Carl dann aus unserem Umkreis verbannte. Der Heiratswunsch hatte also schockartig auf den Tisch gelegt werden müssen, als sich schon alles zugespitzt hatte, die Heimlichtuerei und die Befürchtung, dass Vater nicht davor zurückschrecken würde, mich zu sinnlosem Unglück zu verdammen.

Schon bald kam mir zu Ohren, dass Ottone bei der gefeierten Schauspielerin Fanny Cavaluzzi untergekommen war. Die Cavaluzzi hatte einen rebellischen Hang zum Extemporieren und war sogar schon im Gefängnis gesessen, weil sie die von der Zensurbehörde abgesegneten Theatertexte aus dem Stegreif abgeändert hatte – in eher harmlosem als staatsfeindlichem Sinne, aber doch. Es war bekannt, dass sie einen exzellenten Flügel besaß, was bei Ottones Entscheidung sicher keine geringe Rolle gespielt hatte.

Sofort machte ich mich auf den Weg zum Katzensteig, wo sich die Wohnung der Schauspielerin befand. Ich zwang Faninka, mich zu begleiten, obwohl ich wusste, dass sie sich davor fürchtete, in einen Tumult oder gar ein Gefecht zu geraten. Als wir weit genug von der Bäckerstraße entfernt waren, sagte ich: „Faninka, wenn du auch nur ein Wort Herrn Schuh betreffend zu meinem Vater sagst, schneide ich dir höchstpersönlich die Zunge heraus."

Faninka schwor, dass sie sich eher selbst die Zunge herausschneiden würde, als etwas zu verraten. Es war uns beiden bewusst, dass es im Zuge der Revolution so weit kommen konnte, dass sie mir die Zunge herausschnitt, und so waren wir mit dem Verlauf des Gespräches zufrieden. Um ihr mein ungebrochenes Wohlwollen auszudrücken – und auch, weil es mich interessierte –, fragte ich sie, wie der Katzensteig zu seinem Namen gekommen war. Die Legende ging so: Ein verheirateter Mann, der dort lebte, hatte sich in seine Nachbarin verliebt und sie sich in ihn. Sie beschlossen, die Ehefrau des Mannes zu vergiften, und wollten dies mit Katzenmark tun. Die Nachbarin fing also eine Katze ein, häutete und kochte sie und schabte das Mark aus den Knochen. Dieses mischte der Mann in die Rahmsuppe seiner Gattin. Durch eine Verwechslung jedoch – wie diese genau zustande gekommen war, war nicht überliefert – aß die Nachbarin die Rahmsuppe selbst. Das Gift zerrüttete ihr Gehirn und sie glaubte, eine Katze zu sein. Laut miauend kletterte sie auf die Dächer und sprang dort auf allen vieren herum, bis sie abstürzte. Der Mann fand ihren zerschmetterten Leichnam auf dem Kopfsteinpflaster und gelobte, seiner Frau fortan treu zu sein. Die Gegend aber wurde seither von einer großen schneeweißen Katze heimgesucht, in welcher Gestalt der Geist der bösen Nachbarin umging.

„Es stimmt aber gar nicht, dass Katzenmark giftig ist", fügte Faninka hinzu.

„Nein?", sagte ich.

„Nein. Meine Großmutter kannte eine Familie, die so arm war, dass sie immer wieder streunende Katzen einfingen und aßen. Auch das Mark saugten sie aus. Aber niemand wurde verrückt."

Mit diesen erbaulichen Gesprächen von herausgerissenen Zungen, zerrütteten Gehirnen und gekochten Katzen kamen wir schließlich im Hof des Hauses an, in dem sich die Wohnung der Schauspielerin Cavaluzzi befand. Sofort wusste ich, dass Ottone in derselben anwesend war, denn Klavierspiel erklang, wie es in dieser Virtuosität selten zu hören war. Dabei handelte es sich um eine Polka, ein Stück, das gerne heruntergedroschen wurde, weshalb Vater es hasste. Doch Ottone widmete ihm genauso viel Kraft, Präzision und Ausdruck wie einem Werk von Händel oder Bach. Wir folgten der Musik, stiegen die Treppe zur Pawlatsche hinauf und klopften an die Tür.

Das Erste, was mir auffiel, nachdem mich das Mädchen in den hübsch eingerichteten Salon geführt hatte, war, dass nicht Dr. Becher neben Ottone am Flügel stand und ihr die Noten umblätterte, sondern ein mir unbekannter junger Mann. Überhaupt befand sich Dr. Becher nicht im Raum. In meiner Vorstellung waren Ottone und er seit dem Tag ihrer Flucht jede Sekunde zusammen gewesen, endlich vereint, ein freies, unzertrennliches Paar.

Die kleine Gesellschaft bestand aus Freunden der Cavaluzzi, Künstlern und Verehrern. Der junge Mann neben Ottone war ihr Bruder Eduard, der, wie ich später erfahren sollte, leidlich das Violoncello spielte, ein bisschen schauspielerte und traurige Theaterstücke schrieb, die keiner aufführen wollte.

Die Cavaluzzi hatte ich schon im Theater an der Wien auf der Bühne gesehen, sie übte dort dieselbe Wirkung aus wie in ihrem privaten Salon: Man musste sie unentwegt anschauen. Sie war keine eigentliche Schönheit, ihre Nase war etwas zu spitz, die Zähne nicht ganz regelmäßig und der Mund sehr breit. Schön machten sie ihre dunkelbraunen, fast schwarzen Augen, die so groß waren, als wären sie eigens dafür gemacht worden, dass man sie auch in den hintersten Sitzreihen eines Theaters gut sah. Auch ihr Leib war Perfektion: die schlanke Taille, die ebenmäßig weiße Haut, der Übergang von einer Form in die andere. Sah man jedoch genauer hin, war das Faszinierende weniger die Figur selbst als das, was sie belebte: die Bewegungen und Gesten. Alles geschah kontrolliert, durchdacht, selbst, wenn die Cavaluzzi nur nach ihrem Taschentuch griff oder dem Mädchen klingelte, rief sie unmittelbar den Gedanken hervor: Es gibt wohl schwerlich eine ästhetischere und interessantere Art, ein Taschentuch oder eine Klingel aufzuheben. Es war dieses leicht Künstliche an ihr, das letztlich die Blicke anzog, als wäre sie ein meisterhaft konstruierter Automat, der mit der Zeit langsamer werden müsse, bis ein Diener mit einem großen Schlüssel hereinkäme, um ihn wieder aufzuziehen.

Dabei war sie überaus liebenswürdig und empfing mich mit größter Herzlichkeit. Sie stellte mich den Gästen vor, bot mir Wein und Kuchen an und schon nach kürzester Zeit fühlte ich mich sehr unbeschwert. Man diskutierte über die Möglichkeiten, die ein von der Zensur befreites Theater bot, Ottone spielte Galopps und Walzer, das ganze Repertoire, das sie zu Hause nur spielen hatte können, wenn Vater nicht anwesend war, und sie tat es so mitreißend, dass immer wieder Anwesende zu spontanen Tänzen aufsprangen. Irgendwann wandte sich die Cavaluzzi an mich und sagte: „Seien Sie herzlich willkommen, sollten auch Sie Asyl brauchen, verehrte Baronesse. Meine Wohnung steht Ihnen unbegrenzt zur Verfügung. In der Tat wäre es sogar günstig, wenn Sie ebenfalls hier einziehen würden – ich bin nämlich nach Berlin engagiert und werde Ende der Woche abreisen. Ihre Schwester ist dann ganz alleine hier und ohne Gesellschaft."

Nachdem die Cavaluzzi und ihre Gäste ins Theater aufgebrochen waren, setzte sich Ottone zu mir auf das Sofa.

„Was ist aus Dr. Becher geworden?", fragte ich. „Er ist doch nicht verhaftet worden? Ich habe nichts gehört." Es war bekannt, dass er von der althergebrachten Gesellschaftsordnung nichts hielt.

„Alfred ist verloren", sagte Ottone und mir fiel auf,

dass ihre Wangen sehr rot waren, das Ergebnis einer Mischung aus Scham und zu viel Wein. „Verloren für mich. Er hat sich in eine andere verliebt, während ich dachte, er würde auf mich warten. Man kann ihm nicht böse sein, er ist so begeistert von ihr – dabei ist sie ganz hässlich, ein kleines, verschrumpeltes Alräunchen, schon über vierzig Jahre alt wie er selbst. Verwitwet, wie er, und drei Kinder hat sie."

Karoline von Perin-Gradenstein hieß die Konkurrentin – als echte Demokratin nannte sie sich Karoline Perin. Wie es schien, hatte Dr. Becher nicht nur Ottone Unterricht gegeben, sondern auch der Tochter dieser Dame, und so war es auch in der Nähe dieses Klaviers zu Liebesbegeisterung gekommen. Er lebte bereits bei ihr, in wilder Ehe sprengten sie die Ketten und schmiedeten die Revolution.

„Zieh aus", sagte Ottone. „Sonst geht es dir wie mir. Auch Carl wird nicht ewig auf dich warten. Du musst dich jetzt von Vater trennen, sonst wirst du es niemals tun." Dann legte sie ihren Kopf an meine Schulter, was sie noch nie getan hatte, und ich fühlte, wie unglücklich sie war.

Als es dämmrig wurde, brach ich auf. Faninka kam aus der Küche, wo sie sich, ihrem Lächeln nach zu urteilen, mit den anderen „Trabanten" wohl bestens unterhalten hatte. Ottone begleitete uns auf die Pawlatsche hinaus. Kinder spielten fröhlich, aber nicht zu laut, zwei Frauen nützten das letzte Licht für Handarbeiten und plauderten dabei. Im Hof stand eine prächtige Platane, die fast bis zum Dach reichte, man konnte in das Wohnzimmer der Vögel hineinsehen. Es ist ein schönes Haus, dachte ich, mit angenehmen Bewohnern. Was mir fehlte, war Blumenschmuck, aber das konnte ja noch geändert werden. Plötzlich erstarrte ich: Auf dem Geländer ging, sorgfältig eine Pfote vor die andere setzend, eine große schneeweiße Katze spazieren. Faninka stieß einen Schrei aus und drängte sich durch die offene Wohnungstüre zurück.

Ottone lachte. „Das ist keine Geisterkatze", sagte sie, ging auf das unheimliche Geschöpf zu und streckte die Hand nach ihm aus. Es gab einen gurrenden Laut von sich und schmiegte seinen Kopf in Ottones Hand. „Es ist eine Schutzkatze. Sie gehört Fanny, aber sie wird von allen Hausbewohnern geliebt. Ihre Aufgabe ist es, Gesindel fernzuhalten. Wer böse Absichten hat und die Geisterkatze sieht, tritt auf der Stelle die Flucht an." Ich musste die Katze streicheln, auch Faninka musste sie berühren, der Aberglaube löste sich auf und wir bewunderten ihr weiches Fell.

Die Entscheidung fiel noch am selben Abend. Sie fiel in dem Moment, als Fräulein Ida mir mitteilte, dass die Übersiedlung auf Schloss Cobenzl vorbereitet werde, und mich fragte, ob ich irgendwelche besonderen Anweisungen dafür hätte. Ohne lange nachzudenken sagte ich: „Ned bös sein, aber das kümmert mich alles nicht mehr. Ich gehöre diesem Haushalt nicht mehr an." Vater, der gerade im Brünner Tagblatt las, blickte von diesem nicht einmal auf.

Ich ging auf mein Zimmer, um meine Sachen durchzusehen und mir zu überlegen, was ich mitnehmen wollte. Faninka half mir und mir fiel ein, dass sie wohl entlassen werden würde, wenn ich nicht mehr da war.

„Faninka", sagte ich, „ich gehe nicht zurück aufs Schloss, sondern zu meiner Schwester. Möchtest du mit mir kommen?" Sie strahlte über das ganze Gesicht und sagte so schnell ja, dass man meinen hätte können, sie hätte in der Küche der Cavaluzzi einen hübschen Büchsenspanner kennengelernt.

Mit Mutters Erbe hatten wir ein bequemes Auskommen, dennoch gab Ottone Unterricht, weil es ihr Freude bereitete, dadurch ihr Ausschreiten ins Undenkbare anzuzeigen: eine Baronesse, die gegen Bezahlung Unterricht gab.

Mitte Mai kam es zu einer Barrikadennacht mit Verwundeten und Toten und der Kaiser übersiedelte mit dem Hof nach Innsbruck. Dafür hatte ich Verständnis, schließlich hatte ich den Feuerwall gesehen, der am 13. März entzündet worden war, als man die mächtigen Gaskandelaber vor der Hofburg samt den dazugehörigen Gasleitungen herausgerissen und das ausströmende Gas in Brand gesetzt hatte. Damals war Staatskanzler von Metternich nach London geflohen, aber das war wohl nicht genug gewesen, um den Aufruhr nachhaltig zu beruhigen. Die Stadt ohne Kaiser war wie das Haus für Kinder, deren Eltern ausgegangen sind: frei und unheimlich zugleich.

Ottone litt an der Abtrünnigkeit Dr. Bechers und nachts hörte ich sie im Nebenzimmer weinen. In ihren Wachstunden aber nahm sie jede erdenkliche Medizin, als da waren:

1.) Der Konsum lustig machender Getränke, namentlich Champagner.

2.) Musizieren.

3.) Tanzen.

4.) Eine Liebschaft mit dem jungen Cavaluzzi.

Letzterem war bewusst, dass er die zweite Wahl, der Einspringer, Lückenbüßer war, aber das schien nur seinen Ehrgeiz anzustacheln, Ottone ein besonders angenehmer Begleiter zu sein. Manchmal las er uns aus seinen Stücken vor, die alle sehr tragisch, hehr und gereimt waren, und wir sprachen unsere Hoffnung aus, dass sie bald zur Aufführung gelangen würden. Mehr Genuss bereitete uns sein Violoncellospiel, das Ottone auf die Idee brachte, ein Streichquartett zu gründen. Sie schickte Vater eine Nachricht mit der Bitte um Übersendung ihrer Geige, die sie in der Bäckerstraße zurückgelassen hatte. Die Antwort war mindestens so schlimm wie die Kunde vom Verlust ihres Geliebten: „Die Violine wurde verkauft."

Ottone weinte nun auch untertags und aß nur mehr, wenn man sie dazu überredete. Während man auf jedem halbwegs guten Flügel spielen konnte, musste eine Geige, wie sie sagte, perfekt zu einem passen, man hatte eine persönliche Beziehung zu ihr. Sie machte sich Vorwürfe, das Instrument nicht gleich mitgenommen zu haben, und malte sich aus, dass es von Rabauken misshandelt wurde. Eduard Cavaluzzi aber „ließ seine Verbindungen spielen" und trieb eine ausgezeichnete Geige auf, die wir für einen vernünftigen Betrag erwerben konnten. Anfangs wollte Ottone kaum darauf musizieren, wie jemand, dessen Hündchen gestorben ist und der seinen neuen Welpen als Usurpatoren empfindet, aber bald fasste sie Zuneigung zu dem Instrument und das Streichquartett wurde mit zwei Bekannten Eduards gegründet. Unsere Gäste merkten scherzhaft an, dass die bei uns genossenen Musikabende für sie eine wohltuende Abwechslung von der allgegenwärtigen Katzenmusik waren.

Die Katzenmusik erreichte in diesem Jahr ihre Hochblüte, sie war eine effiziente Waffe, die zur Not auch spontan aus dem eigenen Leib gezogen werden konnte, indem man fürchterlich zischte, pfiff oder gellende Schreie ausstieß. Verfeinert wurde sie durch Topfdeckel, eiserne Pfannen, Ratschen, Rasseln, Kuhglocken, Trommeln und Trompeten, die etwa zum Einsatz gelangten, wenn irgendwo ein kaisertreuer Hausherr die schwarz-goldene Fahne aushängen ließ.

Der Schlosspark fehlte mir. Mein Herbar fehlte mir. Die Wälder fehlten mir. Die Hortensien, Meteorsteine, Bücher, die Grotte, die Teiche, die Rehe an den Rosenbüschen, der Blick auf die Donauauen fehlten mir. Vater fehlte mir. Sogar Fräulein Ida fehlte mir ein bisschen. Und dann begann ich auch Blansko zu vermissen und Mutter und Agathe und Missy, das Vermissen wurde zu einem Bach, der sich immer neue Wege bahnte und schließlich alles überschwemmte. Aber Carl war da und er war entschlossen, sein Geschäft aufzubauen und Vaters Zustimmung zu unserer Heirat noch zu erringen. Ich schrieb einen Brief an Reinhold nach Chur und bat ihn, als der Älteste seinen Einfluss in unserem Sinne geltend zu machen. In seiner Antwort riet er mir, mich Vaters Klugheit in allen lebenspraktischen Dingen anzuvertrauen.

Ich ließ am Pawlatschengeländer Blumenkästen anbringen und beschäftigte mich damit, sie bunt zu bepflanzen. Das Wachstum, das Welken, die täglichen kleinen Veränderungen an den Petunien und Kamelien beruhigten mich, wie mich das Beobachten von Pflanzen schon immer beruhigt hatte: Auch am schlimmsten Tag konnte eine glänzende neue Knospe entstehen.

Die weiße Katze, die keinen Namen hatte, bekam Junge, von denen eines ebenfalls schneeweiß war. Ich beschloss, es als meine persönliche Schutzkatze zu behalten und in Erinnerung an Missy „Kitty" zu nennen.

Mit Dr. Becher und seiner wildehelichen Karoline Perin – die von Ottone stets nur „das scheußliche Alräunchen" genannt wurde – hielten wir Kontakt. Das heißt, wir besuchten sie in Frau Perins Wohnung, sofern sie dort überhaupt anzutreffen waren, denn die meiste Zeit befanden sie sich beim Agitieren in den Hinterzimmern der Gasthäuser „Zum Rothen Igel“, „Bei der Ente“ oder „Tabakspfeife“. Der achtjährige Sohn der Perin war schon ganz martialisch und fuchtelte mit einem kleinen Degen herum, mit dem er der Revolution zum Durchbruch verhelfen wollte.

Frau Perin war bereits recht ergraut, ihre Figur hager und eckig, auch war sie etwas schlampig gekleidet. Natürlich konnte sie sich mit Ottones jugendlicher Schönheit, die von ihren sorgfältig gebrannten schwarzen Locken und ihrer eleganten Haltung unterstrichen wurde, nicht messen, aber „scheußlich“ war sie nicht. Im Gegenteil gaben ihr das Glück und die Leidenschaft einen ansprechend lebendigen Ausdruck. Dr. Becher war ebenfalls kein Jüngling mehr, sein Haaransatz war schon weit nach hinten gerutscht, sein Bauch dagegen nach unten. Wenn man ihn sah, hätte man vermutet, dass er ein ruhiges, gesichertes Dasein genoss, nur die leuchtenden Augen wiesen auf das stürmische, studentische Leben hin, das er tatsächlich führte.

Das Paar war entflammt, für einander und für „die Sache“, und es wurde schnell deutlich, wie wenig Ottone zu ihrem Alfred gepasst hätte. Nie hätte sie mit ihm leben können, wie Frau Perin es konnte, von einer Versammlung zur nächsten ziehend, Reden schwingend, ganz und gar der revolutionären Idee hingegeben. In mir begann die Hoffnung zu wachsen, dass Ottone schon bald sagen könnte: „Wie gut, dass dieser Kelch an mir vorübergegangen ist.“

Mit dem Geld der Perin gründete Dr. Becher das Tagblatt „Der Radikale" – eine treffende Selbstbeschreibung –, als dessen Herausgeber er firmierte. Er komponierte einen Trauermarsch für die Gefallenen des 13. März 1848. Er schrieb und druckte einen Aufruf, in dem er dem Erzherzog Johann das „Staatsruder" antrug, für die Eventualität, dass der Kaiser nicht nach Wien zurückkehren sollte. Zu allem hatte er etwas zu sagen, am besten hätte man ihm wohl selbst die Staatsgeschäfte in die Hände gelegt. Die Perin bewunderte und unterstützte ihn, sie konnte kaum einen Satz formulieren, bei dem sie nicht zustimmungsheißend nach ihm geblickt hätte, eine rechte Revolutionsbraut, in deren Kleider Ottone niemals gepasst hätte.

Die Karten wurden ständig neu gemischt, Kartenhäuschen stürzten ein, was am einen Tag gestochen hatte, war am folgenden wertlos. Man war abwechselnd oder gleichzeitig demokratisch und monarchistisch, liberal und feudal, national und weltbürgerlich. Bei allen Extremen schwenkten die meisten jedoch immer auf einen Mittelweg ein: Monarchie ja – gemildert durch eine Konstitution –, Pauperismus nein. Im Grunde wollte jeder ein ruhiges, angenehmes Leben, maximale Kontrolle über die anderen und maximale Freiheit für sich selbst.

Die Rolle der Studenten, Bauern, Bürger, Dienstboten, Soldaten, Gewerbetreibenden, Arbeiter, Tschechen, Ungarn und Italiener wurde breit diskutiert und natürlich auch jene der Frauen. Die einen beklagten, dass Frauen zu wenig, die anderen, dass sie zu viel politisches Interesse hätten. Die einen waren der Ansicht, dass Frauen politisch gebildet werden und sich im Rahmen ihrer Möglichkeiten engagieren sollten, idealerweise an der Seite und unter der Anleitung ihrer Männer. Die anderen meinten, dass Frauen Dinge, von denen sie nichts verstanden, unangetastet lassen und ihre Männer durch eine gemütliche Häuslichkeit bei der Ausreifung ihrer Ideen unterstützen sollten. Die meisten ärmeren Frauen hatten ohnehin zu viele Kinder und zu wenig Essen, um sich den Luxus zu gönnen, über die intellektuellen Möglichkeiten ihres Geschlechts zu räsonieren.

Den besser gestellten Frauen war relativ klar, was sie wollten – zumindest, wenn man nach den Forderungen des Ersten Wiener Demokratischen Frauenvereins ging: Man verlangte die allgemeine Schul- und Ausbildung für Mädchen, demokratische Kindererziehung, politische Bildung von Frauen zum Wohle des Vaterlandes, Gleichberechtigung. Zuallererst aber sollten den Erdarbeitern und Erdarbeiterinnen täglich fünf Kreuzer mehr Lohn gezahlt werden. Der Vereinsgründung war nämlich ein schreckliches Ereignis vorausgegangen, die sogenannte „Praterschlacht" vom 23. August 1848. Aufgrund von Gerüchten, denen zufolge sie untätig herumstehen würden, hatte man den bei öffentlichen Bauarbeiten tätigen Erdarbeitern die Löhne gekürzt. Männer bekamen statt fünfundzwanzig nur mehr zwanzig, Frauen statt zwanzig nur mehr fünfzehn und Kinder statt fünfzehn nur mehr zehn Kreuzer am Tag. Tausende von ihnen versammelten sich im Prater zum Protest und wollten zur inneren Stadt losmarschieren. Sie kamen nicht weit. Nicht nur von der Sicherheitswache, sondern auch von der bürgerlichen Nationalgarde wurden sie brutal niedergeritten und mit Säbeln und Bajonetten verletzt. Hier begann alles zu entgleiten. Selbst die, die viel verdauen konnten, bekamen Bauchweh. Was waren das für Revolutionäre, die mit Waffen auf Frauen und Kinder losgingen?

Zweihundert Frauen versammelten sich also wenige Tage später im Salon des Volksgartens, um den Ersten Wiener Demokratischen Frauenverein zu gründen, und Karoline Perin war dabei. Wie sie berichtete, rotteten sich rund um das Gebäude aufgebrachte Mitglieder eben derselben bürgerlichen Nationalgarde zusammen, deren Gräueltaten man etwas entgegensetzen wollte. Immer wieder verlangten sie Zutritt. Doch Männer waren nicht zugelassen in diesem neuen Verein, so wie Frauen bei den alten Vereinen nicht zugelassen waren. Nach etwa drei Viertelstunden konnten die Herren ihren Unmut nicht mehr bezähmen und schlugen die Türen und Fenster ein.

„Gebildete Herren waren darunter", sagte Frau Perin, „geachtete Herren. Man möchte nicht meinen, dass sie das nötig hatten." Sie sprangen auf die Tische, äfften die Frauen nach, beschimpften sie und drohten ihnen Ohrfeigen an.

„Aber wir haben es ihnen gezeigt", sagte Frau

Perin, „wir haben gezischt und gepfiffen und ihnen die scheußlichste Katzenmusik in die Ohren geschrien!"

„Recht so", sagte Dr. Becher, „diese Barbaren sind eine Schande für das männliche Geschlecht."

Etwa um dieselbe Zeit statteten Carl und ich Vater einen Besuch auf Schloss Cobenzl ab. Ich war erleichtert, dass wir empfangen wurden, mir lag nichts an einem endgültigen Bruch. Ottone hatte nicht mitkommen wollen, erst sollte ich herausfinden, ob ihre Geige wirklich verkauft worden war.

„Wo ist deine Schwester?", fragte Vater.

„Sie sagte, dass sie nur kommen werde, wenn ihre Geige noch da ist", sagte ich so heiter wie möglich.

„Eben", erwiderte Vater, „und weil ich wusste, dass sie ohnehin nie wiederkommt, habe ich die Geige verkauft."

Mir schien aber, dass es noch einen anderen Grund gab: Geldnot. Als ich in mein altes Zimmer hineinschaute, fehlte dort das kostbare geschnitzte Bett. Das Essen, das man uns aufwartete, ließ zwar keineswegs zu wünschen übrig, und es gab sogar mein Lieblingsdessert, Spanische Windtorte, mit Pistazienobers gefüllt und mit schönen Erdbeeren geschmückt – eine Freude, die ich wohl Fräulein Ida zu verdanken hatte. Dennoch war es unübersehbar, dass etliche Bedienstete entlassen worden waren. In den Gemächern nahm der Lurch überhand, ohne Hilfskräfte konnte der Gärtner den Schlosspark nicht mehr in der gewohnten Weise pflegen. Auf mein Glashaus war der Ast einer mächtigen Buche gestürzt, das Dach war eingeschlagen, die Pflanzen darin, deren Vorfahren auf langen Seefahrten von Brasilien, Mauritius oder Santo Domingo geholt worden waren, waren erfroren, verdurstet, verdorrt. Man hatte nur die nötigsten Scherben entfernt, als ob die malerische Ruine erhalten werden sollte, und tatsächlich gewöhnte man sich an den Anblick und nach einer Weile fand man ihn schön. Auch sonst blieb vieles liegen und entwickelte sich in seiner eigenen Weise fort. Die Teiche wucherten zu, das Gras stand hoch, um die Rosenbüsche schlossen sich Brennnesselhaine, die Wege verloren ihren Kies und wurden von Disteln besiedelt. Der Wald würde den Park verschlucken, das Schloss unter dem Zugriff der Schlingpflanzen zerbröckeln, Vater selbst würde bemoost sein und Fräulein Ida von Farnen geschmückt.

Vater kümmerte der Alltag nicht sehr, denn er war ganz in seine Arbeit verstrickt. Auf dem Schreibtisch in der Bibliothek stapelten sich die Blätter, auf den umstehenden Kommoden und Sesseln und sogar auf dem Boden lagen sie nach geheimnisvoller Ordnung, alles war von Tintenspritzern, Sand und den beim Spitzen mit dem Federmesser abgesprungenen Federkielstückchen bestreut, und Mutters Porträt blickte wie eine Schutzgottheit auf das Geschehen hinab. Das Werk, das hier entstand, trug den Titel: „Physikalisch-physiologische Untersuchungen über die Dynamide des Magnetismus, der Elektrizität, der Wärme, des Lichtes, der Krystallisation, des Chemismus in ihren Beziehungen zur Lebenskraft". Es ging natürlich um das Od, das einer breiten Leserschaft erst bekannt gemacht werden sollte, weshalb, wie Vater erklärte, der Begriff im Titel noch nicht enthalten war. Carl zeigte sich interessiert, ließ sich alles erklären und einiges vorlesen. Ich wusste, was er dabei dachte: „Es ist alles so schön formuliert, dass man es wirklich gerne glauben würde. Schade nur, dass es keine Beweise dafür gibt." Oder vielmehr, ich hoffte, dass er das dachte, denn später sagte er: „Was für ein fürchterlicher Schmafu."

Am Ende der Besichtigung und wissenschaftlichen Ausführungen deutete Vater auf Mutters Bild und wandte sich direkt an mich: „Ich hätte mir mehr Dankbarkeit von euch Mädchen erwartet. Ich habe ihr und euch nie eine Stiefmutter angetan."

Schon bald war Frau Perin Präsidentin des Frauenvereins und Dr. Becher eines jener männlichen Ehrenmitglieder, die man – wenngleich ohne Stimmrecht – nun doch zugelassen hatte. So ganz ohne Herren wollte man auf Dauer nicht sein. Die Vereinsadresse in der Dorotheergasse war dieselbe wie die Redaktionsadresse des „Radikalen", das Revolutionärspaar verschmolz ganz im gemeinsamen Ziel.

Im September war man noch fröhlich, der Oktober wurde düster. Meuterei, Straßenschlachten, Lynchjustiz – wir gingen kaum noch aus dem Haus. Ich zog sogar in Erwägung, Vater um Asyl am Reisenberg zu bitten, tat es dann aber doch nicht. Der Kaiser, der aus Innsbruck zurückgekehrt war, floh dieses Mal nach Olmütz.

Als die Blätter abfielen, begannen sich jene der Revolution zu wenden. Die Geschichte schrieb sich zurück, die Konterrevolution trug den Sieg davon. Fürst Windischgrätz, der mit seinen Truppen die Insurgenten niedergeschlagen hatte, händigte diesen eine Liste mit zwölf Namen aus. Die Auslieferung der Genannten war eine der Kapitulationsbedingungen. Karoline Perin und Dr. Alfred Julius Becher standen darauf. Sie tauchten getrennt unter und planten ihre gemeinsame Flucht. Doch Frau Perins Versteck wurde verraten und sie verhaftet. Dr. Becher, der noch fliehen hätte können, blieb ihr zuliebe in der Stadt, bis auch er entdeckt und gefangen genommen wurde. Als er darum bat, seine Geliebte noch ein letztes Mal sehen zu dürfen, verwehrte man ihm dies. Er durfte ihr einen Abschiedsbrief schreiben, den die gesamte Wach-mannschaft las und den man ihr halb zerknüllt hin-warf. Am 23. November 1848 wurde er in den frühen Morgenstunden im Stadtgraben erschossen. Er hatte nur mit Worten gekämpft, nie eine Waffe in der Hand gehalten, mir schien das übertrieben, Aufwiegelung hin oder her.

Karoline Perin wurde mit Rutenschlägen miss-handelt, ihr Vermögen konfisziert, man entzog ihr die Vormundschaft für ihre Kinder. Eine Frau hinrichten wollte man aber doch nicht, und so wurde sie wenige Tage nach Dr. Bechers Exekution wegen Geisteskrankheit entlassen.

„Wie gut, dass dieser Kelch an mir vorübergegangen ist", sagte Ottone.

Frau, die. Substantiv, feminin:

Mythologische Figur. Historischer Nachweis konnte nicht erbracht werden.

Hätte ich mit einem Myrtenkranz auf dem Kopf heiraten dürfen? Natürlich nicht, wenn es mit den Dingen, die man die rechten nennt, zugegangen wäre. Meine Unschuld war dahin, wenn auch derjenige, den es anging, derselbe war, der sie genommen hatte. Er roch so gut. Wie hätte ich ihm widerstehen können? Man sagt auch nicht der Biene vor der duftenden Blüte, dass sie wegfliegen und im Bienenkloster verschmachten muss. Solche Dinge geschehen und sie werden, wie es heißt, „in Ordnung gebracht". Mit einem Mal ist derselbe Akt, der vorher Sünde war, nicht nur billig, sondern eine Pflicht. Ein paar Worte eines Priesters genügen dazu, Weihrauchgeschwenke, ein Ring. Es war ja nicht so, als ob Carl unberührt gewesen wäre. Die Berührung vor meiner war, wie er erzählte, durch eine ältere, verheiratete Frau geschehen, die sich in ihrer Ehe gelangweilt hatte. Natürlich hatte ich die Gräfin Orthuga in Verdacht, aber er verriet den Namen nie, denn ein Kavalier war zum Schweigen verpflichtet.

Der Myrtenkranz war der meiner Mutter und ich hätte ihn nie bekommen, wenn Vater nicht am Ende doch noch sein Einverständnis zu unserer Eheschließung gegeben hätte. Carl, der unbeirrt von allen historischen Wirren auf dieses Ziel zugegangen war, hatte eine galvanoplastische Fabrik in der Nähe des Südbahnhofes eröffnet und war nun in jeder Hinsicht ein gemachter Mann, ein respektabler Schwiegersohn, ein annehmbarer Bewerber in den Augen der Welt. Auch wenn Vater die Augen der Welt zunehmend gleichgültig wurden, er diese vielmehr nach den seinen zu formen wünschte, ließ er sich überzeugen – vielleicht war er einfach nur erschöpft.

Bevor er seine endgültige Zustimmung gab, nahm er mich noch einmal beiseite.

„Weiß Herr Schuh von der Sache?", fragte er.

Wie wunderbar es doch ist, dass Menschen sich auch bei vagesten Andeutungen verstehen, dass Wörter die Dinge gar nicht präzise benennen müssen, wenn man ihre Bedeutung aus dem Zusammenhang erkennt. Hier ergab sich der Zusammenhang aus einem Gespräch, das wir viele Jahren zuvor bei der Pitakallfärbung im Schlosspark von Blansko geführt hatten. „Die Sache" war meine Unfruchtbarkeit.

„Ja, er weiß es", antwortete ich. „Es macht ihm nichts aus."

Vater schüttelte den Kopf wie über Verdammte, denn wenn schon Carl gut genug für mich war, hätte doch wenigstens ich nicht gut genug für ihn sein können – es war sein letzter Strohhalm gewesen. Dann holte er die Schachtel mit Mutters Brautkranz aus seiner Schreibtischlade, wo sie schon vorbereitet gewesen war, denn der Realist, der in ihm mit dem Träumer rang, hatte sich wenig Hoffnung auf ein Abwenden der Hochzeit in allerletzter Minute gemacht. Er überreichte mir die Schachtel mit den Worten: „Wenn du schon keine gute Tochter bist, so sei wenigstens eine gute Ehefrau." Auch hier verstanden wir uns, wir wussten beide, dass das ungerecht war, dass er verletzte, weil er verletzt war.

Wenig später bat er Carl zu sich, um ihm mitzuteilen, dass er sich keine Hoffnungen auf eine Mitgift zu machen brauche, die Zeiten seien hart und keine Mittel vorhanden. Wir nahmen dies zur Kenntnis, enttäuscht, ungläubig, aber doch so zermürbt, dass wir nicht protestierten. Hauptsache, wir konnten heiraten, endlich hatten wir es geschafft.

Der Myrtenkranz war ein Kunstwerk aus Seide, Papier, Silberdraht und winzigen gelben Glasperlen, die die Staubgefäße darstellten. Es hätte mir gefallen, dazu einen Strauß aus frischer Myrte zu tragen und einen Zweig derselben an Carls Brust anzuheften, aber es war keine zu haben, denn unsere Hochzeit fand am 11. November statt – im Jahre 1849, als die Sicherheit zurückgekehrt war und jeder nur mehr ein normales, behagliches Leben führen wollte, ohne niedergesäbelte Frauen und Kinder im Prater, Tote im Stephansdom, erhängte Kriegsminister Am Hof und füsilierte Bekannte im Stadtgraben. Zumindest ein Weilchen, bis dort, wo die Risse sich ausstreckten, wieder etwas brach.

In meinem Glashaus hatte ich einen Myrtenstrauch gehabt, er blühte zwischen Juni und August und ich hatte mir oft vorgestellt, dass Ottone und ich im Sommer heiraten würden, vielleicht sogar am gleichen Tag, und alle würden die weißen, duftenden Blüten bestaunen. Man kann es sich aber nicht aussuchen, das Glück kommt manchmal im ersten Schneetreiben daher und wird von den Scherben eines zerbrochenen Glashauses gebracht.

Es war nun eine Lebensphase vorüber, die sich für mich durch mehrere Höhepunkte ausgezeichnet hatte: die meiner wissenschaftlichen Laufbahn. Genau genommen waren es vier Höhepunkte gewesen:

1.) 1843 ging ich zur Weiterführung meiner botanischen Studien zu Dr. Unger ans Joanneum nach Graz.

2.) 1845 veröffentlichte ich meine Arbeit „Untersuchungen über die zellenartigen Ausfüllungen der Gefäße".

3.) 1846 folgte die Veröffentlichung einer weiteren Arbeit mit dem Titel „Die Milchsaftgefäße, ihr Ursprung und ihre Entwicklung".

4.) 1847 wurde ich eines von elf korrespondierenden Mitgliedern der Königlich Bayerischen Botanischen Gesellschaft zu Regensburg.

Dr. Endlicher und einige andere renommierte Botaniker hatten mich nach Graz empfohlen, man fand, dass man für mich eine Ausnahme machen müsse, manchmal lebe der Geist der Wissenschaft eben auch in einer Frau. Diese Ansicht konnte ich nur teilen, obwohl mich mein Zustand als Ausnahme-, wenn nicht gar Zwitterwesen bisweilen verwirrte. Die Fähigkeit meines Geschlechts, Kinder zu gebären, verbot mir den Besuch einer Universität, obwohl ich persönlich diese Fähigkeit gar nicht besaß. Geistige Beeinträchtigungen aufgrund der weiblichen Anatomie hatte ich zumindest für meinen eigenen Fall ausgeschlossen, und wann immer ich einen Fehler machte, sagte ich mir: Auch ein Mann hätte diesen Fehler gemacht. Natürlich erforderte dies viel Selbsterziehung und Disziplin, aber, sagte ich mir, auch als Mann hätte ich diese gebraucht.

Und so kam ich zu Dr. Unger, der meine Begeisterung für Pflanzenphysiologie teilte, auch als Zoologe tätig war und seinerzeit mit der Dissertation „Anatomisch-physiologische Untersuchung über die Teichmuschel" zum Doktor der Medizin promoviert hatte. An meinem ersten Tag las er mir in seinem Arbeitszimmer am Institut alle Empfehlungsschreiben vor, die er mich betreffend erhalten hatte, gewissermaßen als Grundlage für unser zukünftiges Verhältnis. Erst war es mir außerordentlich unangenehm, diesem Vortrag an lobenden Worten zuzuhören, doch dann sah ich Dr. Ungers nüchterne Miene, es waren für ihn Tatsachen, keine Schmeicheleien, und die Röte wich aus meinem Gesicht.

Ohne Vorbehalte ließ er mich an seiner Arbeit in Labor, Glashaus und Botanischem Garten teilhaben und erwies mir nicht selten die Ehre, meine Ergebnisse in seine Schriften aufzunehmen. Doch nicht nur das, er ermutigte mich zum nächsten Schritt: „Sie sollten selbst etwas veröffentlichen, Sie haben das Zeug dazu. Es kann ja anonym sein, wenn Sie Sorge um Ihren Ruf haben. Machen Sie doch etwas aus diesen Gefäßausfüllungen, die uns so viele Rätsel aufgeben!"

Hier Pionierarbeit zu leisten schien realistisch, denn am Joanneum gab es ein Mikroskop von Simon Plößl, das meine Untersuchungen einen großen Schritt weiterbrachte. Von den Erfindungen dieses genialen Wiener Optikers hatte ich schon gehört und ich hatte darauf gebrannt, die vielgerühmte Bildschärfe, Farbenklarheit und ausgetüftelte Mechanik eines seiner Instrumente selbst zu erleben, und konnte nun bezeugen, dass man nicht übertrieb. Als Sohn eines einfachen Tischlers hatte sich Plößl vom Linsenschleifer zum bemerkenswertesten Augenöffner sowohl ins Weltall als auch ins kleinste Samenkorn hochgearbeitet. Am Institut wurde das Plößl-Mikroskop nun mehr und mehr für meine Arbeit reserviert, es war mir beinahe wie ein eigener, neuer Körperteil, mit dem ich regelrecht verwuchs. Bei meinen Besuchen zu Hause fiel es mir nicht schwer, Vater davon zu überzeugen, ebenfalls ein Plößl-Mikroskop anzuschaffen, und so konnte ich auch auf Schloss Cobenzl unvermindert weiterarbeiten.

Natürlich gab es anfangs allerlei Spott und Getuschel unter den Herren Studenten, anzügliche Bemerkungen, Pfiffe und Kussgeschmatze, die deutlich zu hören, aber nie einer bestimmten Person zuzuschreiben waren. Einer täuschte einmal vor, über meine weiten Röcke zu stolpern, und wand sich „schwer verletzt" am Boden, begleitet von dem Gejohle seiner Kommilitonen. Ein anderes Mal verschwand mein Hut, den ich im Labor abgelegt hatte, und tauchte an der Fahnenstange an der Fassade des Gebäudes wieder auf, wo die himmelblauen Samtbänder und die blau gefärbte Straußenfeder zur großen Heiterkeit der Passanten im Wind flatterten, bis er von einem Saaldiener wieder heruntergeholt wurde. Nach einer Weile aber gewöhnte man sich an mich, als wäre ich der seltsame, zottige Hund des Professors, in dem man anfangs ein wenig Wolfsblut vermutet hatte – ein Verdacht, den man ob der fast täglichen ruhigen Begegnungen langsam vergaß.

Ich lebte im Haushalt des Professors, von dessen Gemahlin ich freundlich aufgenommen wurde. Sie erklärte mich zum perfekten Gast, denn ich vereinte zwei Personen in einer: eine Freundin für sie selbst und einen Kollegen für ihren Mann. Und so half ich ihr bei der Zusammenstellung von Beuschlsuppe, Hammelkeule und Weinkoch auf dem Wochenspeisezettel und ihm bei den Querschnittzeichnungen von *Cucumis sativus* oder *Sambucus nigra* für sein neues Lehrbuch.

Alle vierzehn Tage lud Dr. Unger Kollegen und ausgewählte Studenten zu sich nach Hause zu „Disput und Diskurs". Wir versammelten uns im Herrenzimmer, das sich durch einen Spucknapf, schwere kristallene Aschenbecher, Jagdtrophäen und ein Paar gekreuzter Säbel an den Wänden auszeichnete. Ich genoss diese Zusammenkünfte, bei denen viel geraucht und champagnisiert wurde, denn es wurde so manche interessante Frage erörtert und so manches Problem zerpflückt, von verschiedenen Seiten beleuchtet und genüsslich immer weiter zu möglichen Lösungsansätzen transportiert. Ich spürte, wie mein Gehirn arbeitete, wenn es anderen Gehirnen bei der Arbeit zusah. Meist wachte ich am nächsten Morgen mit einer solchen Fülle von Ideen auf, dass ich sie sofort niederschrieb, um nicht eine zu vergessen.

Wenngleich ich es von Vaters wissenschaftlichen Zirkeln in der Bäckerstraße gewohnt war, die einzige Frau im Raum zu sein, kam es mir hier doch viel auffallender vor. In der Bäckerstraße war ich zu

Hause, unter der Ägide meines Vaters, ich fühlte mich nicht fremd. Durch diese Erfahrung konnte ich auch hier ohne Scheu das Wort ergreifen oder Einwände erheben, doch ich vergaß nie, dass es für diese Herren, auch wenn sie es sich nicht anmerken ließen, vollkommen unüblich war, dass eine Frau sich so verhielt.

An einem dieser anregenden Abende kam mir plötzlich zu Bewusstsein, dass es keine einzige Frau gab, mit der ich über Zytoplasma und Parenchymzellen reden konnte. Weder hier in diesem Zimmer noch in ganz Graz oder Wien noch irgendwo auf der Welt. Ich war ein seltsames Tier, ein Fabelwesen, eine Chimäre. Es machte mich stolz und einsam zugleich.

Die Ungers hatten zwei Töchter im Alter von acht und elf Jahren, die als schlimme Wildfänge galten, mir jedoch wie die reinen Engel vorkamen. Ihre Erziehung konzentrierte sich hauptsächlich auf „gutes Benehmen", ein Anspruch, dem man, wie ich aus meiner eigenen Kindheit nur allzu gut wusste, selten Genüge tun kann. Der Lesestoff der Mädchen bestand hauptsächlich aus religiösen und charakterbildenden Texten, unter denen Äsops Fabeln wohl die aufregendsten waren. In Mathematik lernten sie gerade so viel, als für die Führung eines Haushaltsbuches vonnöten war. Sie zeichneten, sangen, spielten Klavier, stickten, strickten und nähten, wobei alle Produkte an die Armen verschenkt wurden, die sich über kratzige Wollschals und schiefe Häkeldeckchen freuen durften. Beim Aquarellieren patzten sie, beim Essen hielten sie das Besteck falsch, beim Vorlesen hatten sie einen Ausdruck der Langeweile im Gesicht, beim Sitzen hielten sie sich nicht gerade, beim Spazierengehen setzten sie die Füße nicht ordentlich voreinander, beim Stricken ließen sie die Maschen fallen, beim Lachen lachten sie unpassend, beim Weinen waren sie undankbar. Einmal kam die Ältere in mein Zimmer, wo ich gerade über meinen Notizen und den für sie kryptischen Mikroskopzeichnungen saß, und fragte mich, was ich da mache. Sofort ging ich daran, ihr alles zu erklären, vom Innenleben der Pflanzen zu erzählen, das dem unseren in vielerlei Weise ähnlich ist, und von den fantastischen neuen Instrumenten, mit denen man noch in das dünnste Würzelchen hineinschauen konnte, als wäre es ein riesiger Baum. Sie hörte mir sehr aufmerksam und interessiert zu, stellte kluge Fragen, schon begann ich Pläne zu schmieden, sie unter meine Fittiche zu nehmen und auszubilden, vielleicht würde sich auch ihr Vater freuen – da kam ihre Mutter herein.

„So lass doch Fräulein von Reichenbach in Ruhe arbeiten, Kind!", rief sie, und bevor ich protestieren konnte: „Husch husch an den Flügel mit dir, der Klavierlehrer ist da!"

Sobald das Kind draußen war, bat mich Frau Dr. Unger dringend, mit den Mädchen nicht über „diese Spargeleingeweide" zu sprechen, es würde nur ihre „armen kleinen Seelen verwirren".

Bei der nächsten Gelegenheit fragte ich Dr. Unger, ob er seinen Töchtern nicht eine ganz geringfügige naturwissenschaftliche Ausbildung zukommen lassen wolle, und erklärte mich gerne bereit, sie nach Maßgabe der mir zur Verfügung stehenden Zeit in die Grundlagen der Botanik einzuführen.

„Aber wozu denn, Verehrteste?", sagte er. „Die Mädchen können ein Gänseblümchen von einer Margerite unterscheiden, sie wissen, dass die Kartoffelblüte giftig ist, und was die Physiologie der Kohlrübe betrifft, haben sie verstanden, dass man sie am besten dünn geschnitten in einer Einbrenn zum gekochten Rindfleisch serviert."

„Das ist unbestritten", schmunzelte ich, „das wissen sie. Und dennoch, Herr Professor, könnte man nicht ein kleines bisschen darüber hinausgehen? Sehen Sie denn nicht an mir, wie weit man es als Frau in der Wissenschaft bringen kann?"

„Ich sehe an Ihnen, verehrte Baronesse, dass Sie einen hohen Preis dafür zahlen."

„Was für einen Preis denn?"

„Sie sind unverheiratet."

„Aber das hat doch nichts mit der Wissenschaft zu tun. Das liegt daran, dass sich noch kein geeigneter Bewerber gefunden hat."

„Und könnte das nicht wiederum daran liegen, dass Ihnen aufgrund Ihrer außergewöhnlichen Bildung kein Bewerber geeignet erscheint?"

Ich war sprachlos. Blitzschnell ließ ich alle Bewerber der letzten Jahre vor meinem geistigen Auge defilieren, und ja, der eine war dumm gewesen, der andere roh, der dritte und vierte aber sehr hässlich.

Indessen fuhr der Professor fort: „Und dann gibt es natürlich auch die Perspektive des Mannes. Denken Sie doch etwa an Ihre Schwester, die, wie man hört, eine begnadete, ernstzunehmende Musikerin ist. Und ebenfalls unverheiratet. Wer aber sollte sie heiraten – ein größerer Musiker? Ein geringerer Musiker? Es braucht doch weder der eine noch der andere eine Frau, die mit ihm konkurriert. Einer, der von Musik keine Ahnung hat? Auch hier ist das Unglück vorgezeichnet. Als Frau kann man nicht beides haben, man muss sich entscheiden: entweder Liebesglück und Familie oder Leistung und Erfolg in der Welt. Was denken Sie, weshalb seit jeher die gelehrtesten Frauen Äbtissinnen waren?"

„Sie drängen mich ja geradezu in eine Ehe, mein lieber Professor. Jetzt muss ich den Nächstbesten heiraten, nur um Ihre These zu widerlegen."

Er lachte. „Ich bitte Sie, mich nicht falsch zu verstehen, Baronesse, ich schätze und bewundere Ihre Fähigkeiten sehr, das wissen Sie. Aber für meine Töchter wünsche ich mir doch etwas anderes. Ich möchte, dass sie glücklich sind, früh heiraten, viele Kinder bekommen, zufrieden und ungequält von den großen Fragen der Menschheit ihren Hausstand führen. Auch meine Gattin stimmt mir in diesen

Dingen zu. Sie hat mir erzählt, dass sie Sie gebeten hat, die ‚Spargeleingeweide‘ von den Mädchen fernzuhalten. ‚Spargeleingeweide‘ – ist das nicht köstlich?“

„Das klingt ja beinahe so, als würden Sie meinem Vater einen Vorwurf machen.“

„Das liegt mir fern. Jeder Vater tut, was er für das Beste hält. Herr von Reichenbach hat sowohl Ihre außergewöhnlichen Talente als auch die Ihrer Schwester erkannt und deshalb gefördert. Aber meine Töchter haben keine außergewöhnlichen Talente, sie können und sollen ein normales Frauenleben führen.“

Und dabei beließen wir es, ich beschloss, mich nicht weiter einzumischen – was wusste ich schon von Kindererziehung, vielleicht hatte der Professor ja recht. War nicht die Ehe meiner Eltern überaus glücklich gewesen? Konnte nicht ein Grund dafür gewesen sein, dass Mutter sich nicht im Geringsten für Holzverkohlung und Teerderivate interessierte?

Einmal kam ich spätabends am Unger’schen Schlafzimmer vorbei, die Tür stand halb offen und ich konnte das Ehepaar sprechen hören.

„Ich hoffe, mein Lieber, du wirst mich nicht irgendwann noch langweilig finden. Vielleicht verdirbt dich das Fräulein von Reichenbach ja und du gewöhnst dich daran, eine gebildete Frau an deiner Seite zu haben?“, sagte Frau Dr. Unger kokett.

Der Professor lachte herzlich. „Ja, eine Frau wie die Baronesse ist eine merkwürdige Laune der Natur“, sinnierte er. „In der wissenschaftlichen Arbeit beherrscht sie alles so gut wie ein Mann – wenn nicht gar besser als mancher – und sieht dabei nicht einmal schlecht aus. Aber wer will mit so einer Frau verheiratet sein?"

Ich wusste, dass er das sagte, um seine Gemahlin zu beruhigen, dass er im Grunde gar nichts anderes sagen hätte können, und dennoch machte es mich wütend. Ich würde heiraten, und zwar glücklich, und sei es nur, um die Ungers zu ärgern, das nahm ich mir fest vor.

Abgesehen von seinen Ehethesen war der Professor jedoch ein großartiger Mensch und ich verdankte ihm viel. Auch hatte er Humor und keine Scheu zu scherzen. Schon früh in der Arbeit an meiner ersten eigenen Veröffentlichung schlug er vor, ich solle doch einen Namen für die beschriebenen Strukturen finden.

„Wir können ja nicht ewig Gefäßausfüllung sagen, das ist doch viel zu beschwerlich!", erklärte er. „Außerdem bezeichnet diese deutsche Monstrosität sowohl das Ding als auch den Prozess, der dazu führt. Wir brauchen ein schönes, einfaches Wort für die Ausstülpung, die beim Verschließen nicht mehr genutzter Tracheen entsteht, und aus diesem bilden wir dann das Wort für den Vorgang. So wie Kalk und Verkalkung, Kruste und Verkrustung, Eis und Vereisung – Sie wissen, was ich meine."

Ich war begeistert. Ich sollte ein Wort erfinden, Pionierin sein, etwas Namenloses taufen. Sofort versprach ich dem Professor in die Hand, dass ich mich auf die Suche nach der perfekten Benennung machen würde.

„Was meinen Sie, wird eines Tages für alles, was es gibt auf dieser Welt, ein Wort gefunden sein?", fragte ich ihn euphorisch.

Er runzelte die Stirn. „Ich glaube, allein für die tausenden und abertausenden verschiedenen Ameisenarten Namen zu finden könnte noch recht lange dauern. Wir haben ja noch gar nicht alle entdeckt …"

„Aber eines Tages, in ferner, ferner Zukunft! Was wird man tun, wenn alles Vorhandene entdeckt und benannt worden ist?"

„Wahrscheinlich wird man neue Dinge erfinden, neue Geräte und Instrumente zum Beispiel."

„Man könnte auch Krankheiten erfinden und ihre Behandlungen. Die Krankheit Koppa kann nur durch die Medizin Kappa geheilt werden. Das wäre ein gutes Geschäft!"

„Und worin bestehen die Symptome der Krankheit Koppa?", fragte der Professor.

„Kopfweh, Übelkeit, Schwäche – das haben viele, da kann man viele Flaschen Kappa verkaufen."

„Kappa ist also eine Flüssigkeit?"

„Ja. Zwei Esslöffel morgens, mittags und abends."

„Sie sind eine hervorragende Geschäftsfrau, Baronesse, lassen Sie uns gleich mit der Kappa-Produktion beginnen!", sagte der Professor.

„Gerne", sagte ich, „ich denke an Kirschgeschmack. Kirschgeschmack ist verkaufsfördernd. Doch sagen Sie mir noch das eine, Professor, es lässt mir keine Ruhe. Wenn auch dieses Geschäftsmodell ausgeschöpft ist, wird sich die Menschheit schließlich damit zufriedengeben, dass alles schon benannt worden ist und man keine neuen Wörter mehr erfinden kann?"

„Ich glaube nicht", sagte er, „man wird ganz von vorne anfangen und die bestehenden Namen austauschen. Man wird sagen, dass ein Baum nicht mehr Baum heißt und ein Ast nicht mehr Ast."

„Sondern Schrivel und Mang."

„Zum Beispiel. Und dann wird man einiges zu tun haben, denn man wird alle Bücher neu schreiben und den Kindern eine neue Sprache beibringen müssen."

„Ich finde übrigens, dass man auf dem Mang des großen Schrivels in Ihrem Garten eine Schaukel aufhängen könnte, Professor."

„Machen Sie das, liebe Baronesse, oder vielmehr: Besprechen Sie das mit meiner Frau."

Als ich zu Hause ankam, war Frau Dr. Unger ausgegangen. Die Kinder waren unter der Aufsicht des Mädchens mit dem Abzeichnen einer vor ihnen stehenden Obstschale beschäftigt. Ich setzte mich zu ihnen, nahm ein Blatt Papier und machte eine schnelle Skizze eines *Cucurbita-pepo*-Gefäßes mit jenen Gebilden, für die ich einen Namen suchte.

„Wie würdet ihr das nennen?", fragte ich und schob ihnen die Zeichnung hin. „Wie sieht das für euch aus?"

„Hmm", sagte die Ältere, „Knöderl, würde ich sagen. Oder Kugerl."

„Ich sag Sackerl", warf die Kleine ein.

Das Mädchen legte sein Flickzeug beiseite und beugte sich interessiert vor. „Seifenblasen", sagte sie, „eindeutig Seifenblasen."

„Sackerl" war das beste Wort, denn die Gebilde konnten sowohl hohl sein als auch mit Stärke gefüllt, glichen also Behältern. Nun brauchte ich nur mehr im Griechisch-Wörterbuch nachzuschlagen und noch am selben Abend konnte ich dem Professor meine Wortschöpfung präsentieren: „Thylle, davon abgeleitet Verthyllung."

In mein Notizbuch schrieb ich:

Thylle, die. Substantiv, feminin:
Mein Wort. Meine Erfindung. Die Pflanze bildet es, wenn sie es braucht. Die Pflanze braucht kein Wort.

Der Arbeit über Thyllen folgte eine weitere über Milchsaftgefäße, beide veröffentlichte ich in der „Botanischen Zeitung" – wie Dr. Unger es vorgeschlagen hatte, nicht unter meinem Namen, sondern unter der geheimnisvollen Bezeichnung: „Von einem Unbekannten". Alle Botaniker wussten, wer der Autor war, das genügte für die Gegenwart, und in die Ewigkeit einzugehen hatte ich keine Absicht.

Man lobte mich, man sandte mir Glückwünsche, man nannte mich die Madame de Staël der Botanik. Die Ernennung zum korrespondierenden Mitglied der

Königlich Bayerischen Botanischen Gesellschaft zu Regensburg folgte als logische Konsequenz. Vater war stolz und konnte nicht aufhören zu erwähnen, was ich ihm nicht alles zu verdanken hätte, vom lehrreichen Schweigegebot für uns Kinder bei den Mahlzeiten bis zu den Unterweisungen in der Herbarsystematik, vom ersten Brennglas bis zum Plößl-Mikroskop. Er hätte es durchaus gerne gesehen, wenn ich unter dem eigenen Namen veröffentlicht hätte, schließlich war es seiner, und den Namen Reichenbach konnte man nicht oft genug hören.

Mit der Heirat legte ich all dies ab wie eine prachtvolle, aufgrund der engen Schnürung aber stets am Rande der Ohnmacht getragene Toilette. Ich erklärte meinen Rückzug aus der Wissenschaft, verabschiedete mich von den Kollegen, man gratulierte mir zur Hochzeit und wünschte mir Glück. Frau Dr. Unger schrieb mir aus Graz: „Ich freue mich sehr für Sie, meine Liebe! Es ist doch besser so." In der Handschrift ihres Mannes stand darunter: „Mit dem größten Bedauern für die Wissenschaft, aber mit noch größerer Freude für Ihr Lebensglück verbleibe ich der Ihre, etc. etc."

Am Morgen nach der Hochzeit nahm Faninka ihren Abschied, sie hatte eine Stellung als Kammerjungfer bei einer Fürstin gefunden und sah dieser Aufgabe voller Ehrgeiz entgegen. Ich war mit der Heirat standesmäßig herabgesunken, hieß nun nicht mehr Hermine von Reichenbach, sondern Hermine Schuh. Allenfalls setzte man ein „geborene Freiin von Reichenbach" hinzu, was auch nicht wirklich korrekt war, denn zum Zeitpunkt meiner Geburt war meine Familie noch ganz unfreiherrlich gewesen. Im Grunde – aber das hängte man nicht an die große Glocke – hatte eine vom König von Württemberg verliehene Freiherrnwürde an einen österreichischen Staatsbürger (und das war Vater seit unserem Weggang aus Blansko) ohnehin wenig Gültigkeit.

Einmal noch küsste Faninka mir die Hand, einmal noch sagte sie „Euer freiherrliche Gnaden". Dann ging sie zu ihrer Fürstin und ich richtete mich im Bürgertum ein.

In unserem ersten Ehejahr erlebten wir eine Katastrophe und ein Wunder. Aus Venedig erreichte uns die Nachricht von Ottones plötzlichem Tod. Sie war dorthin mit ihrer Freundin Fanny Cavaluzzi gereist, bei der sie noch immer lebte. „Mit tiefstem Bedauern", schrieb die Cavaluzzi und lange konnte ich es nicht glauben. Was, wenn ich diesen Brief nie erhalten hätte? Ich hätte mir weiterhin vorstellen können, wie Ottone auf blumengeschmückten Gondeln fuhr und in den prächtigsten Palazzi verkehrte, die ganze Stadt verzaubernd mit ihrem fließenden Italienisch und ihrer Musik. Sie war erst dreißig Jahre alt gewesen, meine kleine Schwester, ich war mir sicher gewesen, den Myrtenkranz unserer Mutter noch an sie weiterreichen zu können. „Die bekannten schädlichen Ausdünstungen der Lagune", schrieb die Cavaluzzi, „Fieber", „Typhus", „dahingerafft".

Wir lebten mittlerweile in der Prinz-Eugen-Straße in der Nähe von Carls Fabrik und ich beschloss, mit dem Wagen zum Schloss Cobenzl hinaufzufahren, um Vater die Nachricht selbst zu überbringen. Er hatte Ottone seit jenem Tag, an dem sie mit Hut und Mantel im Frühstückszimmer gestanden war, um ihren Auszug zu verkünden, nicht mehr gesehen. „Na geh schon", waren seine letzten Worte zu ihr gewesen, „niemand hält dich auf."

Am Ende leiden wir am meisten unter den Dingen, die wir denen angetan haben, die wir lieben. Der Tod bläst jedes böse Wort, jeden Fehltritt auf das Grausamste auf. Nichts kann rückgängig gemacht, nichts verbessert werden, alles ist versäumt. Und ist es das wert gewesen? Hätten wir nicht immer so leben sollen, als ob wir nur mehr wenig Zeit miteinander hätten? Ich quälte mich nächtelang mit dem Gedanken an den kindlichen Wutanfall, der an Ottones Wange eine kaum sichtbare Narbe hinterlassen hatte. Nun lag sie begraben auf einer feucht-heißen Insel, Salzwasser und Salzluft fraßen an ihr und die Narbe trat immer deutlicher hervor.

Vaters Reaktion auf die Nachricht jedoch ließ nichts von Schuldgefühlen erahnen, er hatte andere Sorgen. „Dann wird es keine Erben geben", sagte er und lachte bitter.

Es stimmte. Reinhold und seine Gattin hatten keine Kinder, von mir und Carl waren keine zu erwarten, Ottone war die letzte Hoffnung gewesen.

„Unsere Familie wird also aussterben", sagte Vater und lachte so heftig, dass er sich verschluckte und zu husten begann, „... wie der Höhlenbär!"

Nach einiger Zeit kam uns zu Ohren, dass Eduard Cavaluzzi, Fannys jüngerer Bruder, Abend für Abend im „Rothen Igel" volltrunken randalierte und behauptete, Ottone sei mitnichten an Typhus gestorben, sondern an den Folgen einer Fehlgeburt.

„Du musst das regeln, Carl", sagte ich, „du musst ihm den Totenschein zeigen. Die Cavaluzzi hat ihrem Brief doch den Totenschein beigelegt. *Febbre petecchiale* steht da, Fieber mit Ausblutungen, das ist Fleckfieber, Typhus – kein Wort von einer Fehlgeburt!"

Carl traf den jungen Cavaluzzi tatsächlich im kolportierten Zustand im „Rothen Igel" an, entriss ihn seinem interessierten Publikum und legte ihm den Totenschein vor.

„Lies, Cavaluzzi", sagte Carl, „febbre petecchiale, das verstehst du doch, du bist doch ein halber Italiener!"

Eduard habe zu schluchzen begonnen und „Bugie, bugie!" gerufen, die Ärzte würden doch alle lügen, um den guten Ruf einer Dame zu schützen. Carl machte ihn darauf aufmerksam, dass es doch wohl seine, Eduards, Aufgabe sei, den guten Ruf einer Dame, die er angeblich geliebt habe, zu schützen. Für einen Krug besten Tokajers erklärte sich der Unglückliche schließlich bereit, seine Behauptung zu widerrufen und nie mehr zu wiederholen.

„Gott sei Dank", sagte Carl erleichtert zu mir, „ich habe so viel zu tun, ich hätte wirklich keine Zeit gehabt, mir morgen früh vom Fechtmeister scharfgeschliffene Rapiere bringen zu lassen, um mich mit dem Dummkopf zu schlagen." Da war auch ich erleichtert, denn ich hatte Eduard Cavaluzzi einmal als virtuos fechtenden Ritter auf der Bühne gesehen.

„Er hat sie furchtbar geliebt, denke ich", sagte Carl, „aber eben auf eine furchtbare Art."

Und dann geschah das Wunder. Ich bemerkte Anzeichen einer Schwangerschaft. Sie verdeutlichten und verdichteten sich, bis es keinen Zweifel mehr gab. Wir wagten es nicht, uns zu freuen, das Wort „Fehlgeburt" klang noch in unseren Ohren.

„Das ist vollkommen unmöglich", sagte Vater. Er dachte, wir hielten ihn zum Narren, und als mein Zustand unübersehbar wurde, bezichtigte er mich, unter dem Kleid ein Kissen umgebunden zu haben.

Alles nahm einen günstigen Verlauf und am 4. März 1851 brachte ich eine gesunde Tochter zur Welt. Wir hatten weiterhin Angst, dass wir sie schnell wieder verlieren könnten, doch sie schrie, schlief, gedieh und bekam kleine Speckröllchen an Armen und Beinen. Sie hatte rotblonde Löckchen und ganz helle blaue Augen, mit denen sie mich, wenn ich mit ihr sprach, so aufmerksam anschaute, als verstünde sie alles und dächte gründlich darüber nach. Ich stillte sie selbst, denn mein Interesse an Biologie schloss die eigene ein.

Der Name unserer Tochter konnte natürlich keine Wortschöpfung sein, wir mussten ihn aus dem Fundus der vorhandenen wählen. Wir nannten sie Friederike nach meiner und Theodora nach Carls Mutter – keine Erfindung, sondern eine Findung, Erinnerung, Hommage.

Eisenbahn, die. Substantiv, feminin:

1.) Verlauf einer Eisenader.

2.) Flugroute eines Eisenmeteors.

3.) Zug der Zeit, Nachfolger der Kutsche der Zeit.

Was Vater letztlich das Genick brach, war ich. Ich erfuhr das von ihm selbst, er schrieb es mir nämlich in einem Brief. Ich breche ihm das Genick, versetze ihm den finalen Schlag, überfalle ihn aus dem Hinterhalt, sei eine Verräterin aus den eigenen Reihen, falle ihm in den Rücken. Ich sah mich mit einem Schürhaken hinter ihm stehen, als Anführerin einer Räuberbande seinen Wagen überfallen, als Judas Silberlinge einstreifen und als Brutus den Dolch stoßen.

Was tatsächlich geschah, war, dass ich Vater auf die Auszahlung der mir zustehenden Mitgift klagte oder, wie er es formulierte: Ich zerrte ihn vor Gericht, nachdem ich den Einflüsterungen meines raffgierigen Gesponses erlegen war. Carl hatte damit aber gar nicht so viel zu tun, wenn man davon absah, dass wir natürlich immer wieder davon sprachen, dass von meinem Erbe nicht viel übrig bleiben werde, wenn Vater das Geld weiterhin „verprasste und verjubelte" (Carl) beziehungsweise „zukunftsträchtig investierte" (Vater). Reinholds Zustimmung hatte ich, zumindest schloss ich das sehr deutlich aus der Tatsache, dass er mir mitteilte, er wolle in dieser Angelegenheit nicht konsultiert werden und halte sich aus ihr vollkommen heraus. Was mir den letzten Anstoß gab, war eine Begegnung mit Herrn Kyrchengast, dem langjährigen Aufseher von Vaters Seidenraupenzucht.

Die Seidenproduktion war einer der lang gehegten Träume Vaters, erste Versuche in Blansko waren ganz nebenher gescheitert. Kaum war das Gut Reisenberg erworben, wurden auf zehn Joch Feld tausende von Maulbeerbäumen gepflanzt, deren Blätter die einzige Speise der Seidenraupen darstellten. Es war bekannt, dass die weiße Maulbeere in unseren Breiten nicht allzu gut gedieh, die schwarze wiederum den Raupen nicht sonderlich mundete. Sie fraßen sie zwar *nolens volens*, entwickelten sich dabei aber nicht so recht. So legte Vater Wert darauf, mit *Morus alba* zu arbeiten, und es dauerte etliche Jahre, bis von den immer wieder absterbenden Setzlingen so viele groß genug geworden waren, dass man mit der Seidenkultur tatsächlich beginnen konnte. Wir waren euphorisch, besprachen am Familientisch, ob man das bald vorhandene kostbare Tuch Cobenzl-, Reisenberg- oder Reichenbachseide nennen solle, Ottone und ich träumten von Seidenkleidern aus eigener Produktion.

Lokalitäten zur Aufzucht, Pflege und Abtötung der Raupen wurden eingerichtet sowie eine Filatur zum Abhaspeln und Zwirnen der gewonnenen Kokons. Von Anfang an war Herr Kyrchengast, der als erfolgreicher Bienenzüchter mit den Bedürfnissen von Insekten vertraut war, der Leiter des Unternehmens. Arbeiterinnen wurden ausgebildet, Erntehelfer instruiert, und schließlich war alles bereit für die erste Bestellung von Raupensamen aus Görz. Bei diesen handelte es sich natürlich um die Eier des Seidenspinners, die allerdings Samen tatsächlich sehr ähnlichsahen. Sie wurden in Kisten gelegt und mit Maulbeerblättern bedeckt, denn sie liebten das Halbdunkel. Da die Temperatur niemals unter zwanzig Grad Celsius fallen durfte, war die Aufzucht natürlich auf den Sommer beschränkt. Wenn alles gut verlief, schlüpften nach etwa einer Woche die winzig kleinen, schwarzen Raupen und begannen zu fressen. Wenn alles weiterhin gut verlief, wurden sie nach wenigen Tagen weiß, häuteten sich vier Mal, wurden größer und größer dabei.

Die Raupen waren absolute Feinspitze. Von den Maulbeerblättern ließen sie selbst die dünnsten Rippen übrig, sodass sie, nachdem alles dazwischen Liegende herausgefressen war, wie Netze aussahen. Die Blätter mussten die zartesten sein, nur die ersten fünf von der Zweigspitze an waren genehm, und die Ernte gestaltete sich ähnlich der von erlesenem Tee.

Zwei Mal täglich wurden frische Blätter gebracht, denn beim geringsten Anzeichen des Welkens wurde die Nahrung verschmäht.

Da der Appetit der Tierchen mit entsprechenden Ausscheidungen verbunden war, mussten sie alle paar Tage sorgfältig abgesammelt und der Inhalt ihrer Behälter, Blattreste und Kot, entfernt werden. Wenn alles sehr, sehr gut verlief, spannen sie sich schließlich ein und bildeten ihren kostbaren Kokon, in dem sie sich jedoch keinesfalls entwickeln durften, weshalb an dieser Stelle ihrem Leben durch ein Bad in kochendem Wasser ein Ende bereitet wurde. Eine Ausnahme bildeten wenige, besonders prächtige Exemplare, die zum Falter werden durften und für die Zucht vorgesehen waren.

Meistens verlief es aber nicht gut. Die Raupen schwächelten und kränkelten. Sie wurden von Parasiten befallen, bekamen schwarze Flecken und krochen elend herum, ohne in der Lage zu sein, Kokons zu spinnen. Sie verweigerten die Nahrung, ohne dass man wusste, weshalb, sie starben ohne ersichtlichen Grund. Jahr für Jahr war Herr Kyrchengast mit Mühe, Plage und Verbesserungen befasst. Jahr für Jahr wurden Raupensamen aus jenen wärmeren Gegenden bestellt, in denen sie mühelos gediehen: dem Banat oder Slawonien, Venetien oder der Lombardei. Dabei wechselte man ab, denn vielleicht gab es ja an einem Ort robustere Samen als an den anderen. Die Temperaturregelung wurde verbessert, Öfen und Nachtwächter installiert, um bei widriger Witterung sofort gegenarbeiten zu können. Die Sauberkeit wurde verbessert, die Belüftung, die Nahrung, die Umsicht und Vorsicht. Vielleicht, dachte ich, war in den Blättern nicht das Richtige enthalten, weil der Boden nicht das Richtige enthielt.

Alles in allem kam es nie zu einer nennenswerten Produktion von Reichenbachseide. Einmal verehrte mir Vater ein gelbes Halstuch, das aus dem Unternehmen hervorgegangen war, als Einstimmung, wie er sagte, auf viele herrliche Kleider. Ein paar Adaptionen noch, gut Ding brauche Weile, auch Rom sei nicht an einem Tag erbaut worden. Schon damals erschien er mir wie ein Spieler, der ständig verlor und nach einem lächerlichen Gewinn seiner Tochter ein lächerliches Geschenk präsentierte.

Fast ein Jahrzehnt nach meiner Heirat also, im achten Lebensjahr unserer Tochter Friederike, die wir Fritzi nannten und der leider kein weiteres Kind gefolgt war, geschah es, dass ich anlässlich eines der selten gewordenen Besuche bei Vater am Reisenberg spazieren ging und dabei Herrn Kyrchengast begegnete. Er trug die lange graue Arbeitsschürze, durch deren Anlegen die Raupensaison eingeläutet wurde, und war offenbar gerade auf dem Weg zu seinen Schützlingen.

„Wie geht es Ihnen denn, Herr Kyrchengast?",
fragte ich.

„Bestens, bestens", lautete seine Antwort. „In ein
paar Tagen werden sie schlüpfen."

„Ich meinte, wie es Ihnen geht, nicht den Eiern."

„Hervorragend, danke der Nachfrage, Frau Schuh.
Viel Arbeit, wie jedes Jahr zu dieser Zeit, aber wert-
volle, schöne, glücklich machende Arbeit."

„Wenn man bedenkt, wie lange Sie schon mit der
Seidenkultur hier am Reisenberg beschäftigt sind ..."

Stolz richtete sich Herr Kyrchengast auf. „Zwanzig
Jahre, Frau Schuh. Zwanzig Jahre werden es heuer.
Ein Jubiläum, man müsste es feiern."

„Aber es gibt noch immer nicht genug Seide für
den Verkauf?"

„Oh, der Tag wird kommen, ganz bestimmt. Wie
Ihr verehrter Herr Vater, der Baron, zu sagen pflegt:
Niemals aufgeben! Wir geben niemals auf."

Ich nickte und ging weiter und überschlug im Kopf
die Summen, die in über zwanzig Jahren für die Auf-
rechterhaltung des Glaubens ausgegeben worden
waren, für Maulbeersetzlinge, Löhne, Gebäude,
Apparaturen, Raupensamen, tausende und aber-
tausende Gulden, die vor meinem geistigen Auge in
einen Vulkanschlund rasselten, wo sie blitzartig ein-
geschmolzen wurden und im Magma verschwanden.
„Niemals aufgeben!", rief Vater und warf weiter nach,
mein Heiratsgut mit.

Ich verlangte also, was mir zustand, und bekam
70.000 Gulden zugesprochen, die Vater, wie er mir

schrieb, im gefährlichsten Moment auszahlen musste, als alles auf der Kippe stand, man das Ruder noch herumreißen hätte können und jedes halbwegs gutherzige Kind verzichtet hätte, um seinen Beitrag zur Abwendung des Zusammenbruches zu leisten. Nach diesem letzten Brief brach er den Kontakt zu mir ab.

Was Vater schließlich das Genick brach, war jedoch nicht ich und auch nicht die Seidenraupen, sondern die Eisenbahn. Die Produktion von Eisenbahnschienen war die Zukunft, den ganzen Erdball würden sie nach und nach überziehen, und war Eisen nicht sein erstes und bestes Geschäft gewesen? Vater investierte groß, nahm Bankkredite auf und beteiligte sich an den Eisenwerken Ternitz. Als sein Kompagnon in Konkurs ging, übernahm er dessen Anteil und Schulden, sodass weitere Hypotheken aufgenommen werden mussten. Das Werk hieß nun „Ternitzer Eisenhütte Reichenbach".

Die Schienenproduktion lief an. Doch dann kam es zu gleich zwei fatalen Ereignissen. Die Engländer konnten die für den Ausbau des indischen Eisenbahnnetzes hergestellten Schienen dort aufgrund eines Aufstandes nicht mehr verwenden, und in Österreich-Ungarn wurden die Einfuhrzölle gesenkt. Damit kamen Unmengen von englischen Schienen ins Land, die nur die Hälfte von Vaters Schienen kosteten, und so begann der Ruin. Darlehen wurden zurückgefordert, Entschuldungspläne verlangt, Werte gedrückt, Haftungen geltend gemacht. Die

Gläubiger versammelten sich wie ein Wolfsrudel um das gefallene Wild und begannen es Stück für Stück zu zerreißen.

Erst verlor Vater die Herrschaft Gutenbrunn, dann Nisko, dann das Ternitzer Werk. Er kämpfte, wie er es gewohnt war, mit Worten, mit Schriften, mit funkelnden Appellen, die jeder nur mehr kopfschüttelnd las, bedauernd, jedoch ohne eine Möglichkeit zu sehen, diesem eloquenten, aber lebensuntüchtigen Dichter zu helfen.

Zuletzt lebte er, wie es hieß, allein mit Fräulein Ida in dem vernachlässigten Schloss, das ihm längst nicht mehr gehörte. Ich stellte mir vor, wie sie in der riesigen Küche stand und Krautsuppe zubereitete, wie sie alle Räume abschloss, derer sie nicht mehr Herr wurde, vielleicht nur ein kleines Zimmer heizte und kehrte, in das man Vaters Arbeitstisch gestellt hatte. Dass Vater unermüdlich weiterarbeitete, ging aus der Zahl seiner Abhandlungen hervor. Ich las sie, wenn ich Zeit hatte: eine letzte Möglichkeit des Kontakts. Jene über Meteoriten, von denen er mehr als zwei Dutzend veröffentlichte, erschienen mir bahnbrechend und luzide, die über Sensitivität und Od vollkommen verrückt. Es war schwer vorstellbar, dass sie derselbe Mensch geschrieben hatte, auch wenn man ihn in beiden Fällen anhand seiner präzisen, bildhaften Sprache erkannte. Mit der Wiener Wissenschaft war Vater so zerstritten, dass er seine kostbare Meteoritensammlung nicht dem k.k. Hofnaturalienkabinett, sondern der Universität Tübingen schenkte, was ihm diese mit einer Ernennung zum Ehrendoktor der Naturwissenschaften dankte. Neun Monate in Berlin, die dem Versuch gewidmet waren, die dortige Professorenschaft von der Odlehre zu überzeugen, verstrichen jedoch vergeblich. So war er anerkannt und verachtet, bewundert und belächelt zugleich, wiewohl sich die Waagschale unaufhaltsam zu Letzterem senkte.

Irgendwann stellte sich heraus, dass alle die Herrschaft Cobenzl betreffenden Schuldforderungen von einem Nachbarn, dem Freiherrn von Sothen, aufgekauft worden waren, der so nach und nach in den Besitz des Gutes gekommen war. Baron Sothen war ein *Selfmademan*, der unter anderem ein Bankhaus am Graben besaß. Den Hunger seiner frühen Jahre hatte er durch hemmungsloses Essen ausgeglichen, sodass er mittlerweile ein Embonpoint besaß, das seinen Schneider vor besondere Herausforderungen stellte. Wie Vater hatte er sich hochgearbeitet und Reichtum und Freiherrnwürde durch Fleiß erworben. Anders als Vater hatte er jedoch den Ruf, ein grausamer Leuteschinder zu sein. Er lebte in dem unweit vom Reisenberg gelegenen Schloss Am Himmel. Nun besaß er ein weiteres Schloss, das noch dazu größer und schöner war als das erste. Während ein *Selfmade-man* abstieg, stieg der nächste schon auf ihn drauf. Eines jedoch musste man dem Baron Sothen zugutehalten: Als er Schloss Cobenzl schließlich übernahm, übergab er mein Herbar dem von Vater geschmähten k.k. Hofnaturalienkabinett als großzügige Schenkung, wofür er von den Zeitungen gefeiert wurde, als hätte er es selbst angelegt. Nichtsdestotrotz entsprach dieser Verbleib meiner Sammlung voll und ganz meinen Wünschen.

Näheres über Vaters letzte Jahre erfuhr ich erst kurz nach seinem Tod im Jahr 1869. Ida Zitterer suchte mich auf. Ihr Haar war schlohweiß und sehr dünn geworden, aber sie trug es immer noch in einem ordentlichen Knoten, auf dem der Hut in leichter Schräge balancierte. Das Gesicht war zerfurcht, die Gestalt geschrumpft, aber aufrecht, und das Kleid sah, solange ich die Brille nicht aufsetzte, tadellos aus. Bei größerer Bildschärfe jedoch musste ich erkennen, dass es fadenscheinige Stellen hatte und unzählige Male geflickt und ausgebessert worden war. Ich ließ Tee und Kuchen bringen, denen Fräulein Ida mit einer Hast zusprach, die darauf hindeutete, dass sie ohne Frühstück im Magen gekommen war.

„Wie geht es denn der kleinen Fritzi?", erkundigte sie sich.

Ich musste lachen. „Die kleine Fritzi ist schon eine junge Dame von achtzehn Jahren. Sie ist gerade bei einer Freundin, um gemeinsam ein Stück einzustudieren. Die Freundin singt und Fritzi begleitet sie am Flügel. Sie ist sehr begabt im Klavierspiel, fast so begabt, wie ihre Tante es war. Und sie interessiert sich für Physik wie ihr seliger Vater. Nur mir kommt sie nicht gleich, für Pflanzen hat sie nichts übrig, die sind ihr zu pflegebedürftig, zu vergänglich."

Zu diesem Zeitpunkt war ich bereits Witwe. Carl war sechs Jahre zuvor an Wassersucht gestorben und das bedeutete, dass Vater ihn überlebt hatte, was ihn, wenn er es denn gewusst hatte, bestimmt mit diebischer Freude erfüllt hatte. Danach fragte ich Fräulein Ida jedoch nicht, ich ließ sie, was ihr wichtig schien, erzählen.

„Es wird Sie stolz machen zu hören, dass Ihr Vater bis zuletzt für den Durchbruch der Odlehre gekämpft hat", sagte sie. Im Jahre 1867, also in Vaters neun-undsiebzigstem Jahr, war man zu diesem Zweck nach Leipzig gezogen. Daselbst lebte und lehrte nämlich der bedeutende Physiker Gustav Theodor Fechner, von dem man sich aufgrund seiner „psycho-physischen" Kenntnisse allergrößtes Wohlwollen versprach. Wie es schien, war Professor Fechner ein äußerst vielbeschäftigter Mann, denn es dauerte sehr lange und erforderte einen persönlichen, unangemeldeten Besuch Vaters, bis er sich bereit erklärte, diesem in sein Zimmer im Hotel „Zur Stadt Dresden" zu folgen. Dort warteten bereits eine lokale Sensitive, die man mittels eines Zeitungsinserates ausfindig gemacht hatte, sowie ein Tisch mit aller-lei Präparaten, Magneten, Metallen und Substanzen wie Schwefel und Arsen, überdies einem rohen und einem gesottenen Ei, wobei letztere aus der Hotel-küche zu beschaffen Ida Zitterers Aufgabe gewesen war. Nun verdunkelte man das Zimmer und führte dem Professor *lege artis* die Od-Experimente vor. Dr. Fechner zeigte sich überaus angetan und interessiert, doch war er wohl ein wirklich über die Maßen von vielerlei Pflichten beanspruchter Mann, denn man sah ihn danach nie wieder. In den darauffolgenden eineinhalb Jahren gab Vater weder Hoffnung noch Kampfgeist auf, auch wenn Fräulein Ida einräumen musste, dass er schlecht hörte, schwer ging und nach und nach sein Augenlicht verlor. Am 29. Januar 1869, knapp vor der Vollendung seines einundachtzigsten Lebensjahres, war er trotz der unermüdlichen Pflege der treuen Haushälterin im Hotel „Zur Stadt Dresden" zu Leipzig sanft entschlafen.

„Sanft entschlafen?", fragte ich.

Fräulein Ida gab zu, dass es sich eher um eine Bewusstlosigkeit gehandelt hatte, der ein Schlaganfall samt halbseitiger Lähmung vorausgegangen war. „Er konnte nicht mehr sprechen und nicht mehr diktieren, also las ich ihm seine eigenen Schriften vor, ganz nah an seinem guten Ohr, weil ich merkte, dass ihn das beruhigte. Wenn ich ihm einen Magneten oder ein Stück Eisen in die Hand legte, schien ihn das ebenfalls zu stärken, wie eine Medizin."

Nach dem Begräbnis war sie nach Wien abgereist, um Freunde zu besuchen, darunter auch mich.

„Was werden Sie jetzt tun?", fragte ich.

„Oh", sagte sie und schaute ins Leere, als würde sie erst jetzt darüber nachdenken. „Ich werde wohl zu meiner Schwester ziehen. Sie hat nach Polen geheiratet." Zwar konnte ich mich nicht erinnern, dass sie jemals eine Schwester erwähnt hatte, stimmte ihr aber zu, dass dies vermutlich das Beste sei.

Ich geleitete sie bis zur Wohnungstüre, und als wir uns verabschiedeten, sah ich aus der Nähe wieder die Flicken auf ihrem Kleid.

„Brauchen Sie etwas?", fragte ich. „Vielleicht Geld für das Zugbillet?" Ich griff nach meinem Pompadour.

„Auf gar keinen Fall", wehrte Fräulein Ida ab, „das Billet werde ich mir schon noch leisten können. Und wenn nicht, hab ich immer noch meine beiden Füße."

Als sich die Wohnungstür hinter ihr schloss, blieb ich dicht davor stehen und lauschte den langsamen und vorsichtigen Schritten, mit denen sie die Treppe hinunterstieg. Ich hatte wenig Vertrauen in ihre Füße. Oder ihr Portemonnaie. Als sie im Mezzanin angekommen war, riss ich die Türe wieder auf und lief ihr nach.

„Fräulein Ida!", rief ich. „Ich brauche dringend eine Gesellschafterin. Mein Mann ist tot und meine Tochter schon groß, sie ist so viel außer Haus und bald wird sie verheiratet sein. Machen Sie mir doch die Freude!"

Zögerlich und voller Würde ließ sich Ida Zitterer mein Ansinnen durch den Kopf gehen. „Worin bestünden denn meine Aufgaben?", fragte sie. „Ned bös sein, aber ich bin nicht mehr die Jüngste. Schwere Hausarbeiten schaffe ich nicht mehr."

„Nein nein", sagte ich, „keine Hausarbeiten, nur gesellschaftliche Aufgaben. Konversation, ab und zu eine Partie Whist oder Tarock, wenn wir Gäste haben.

Ein bisschen Vorlesen vielleicht?" Damit erklärte sie sich zufrieden und noch am selben Tag zog sie bei uns ein.

Sollte es ein Leben nach dem Tod geben, war es für Vater bestimmt eine große Überraschung. Ich stellte mir vor, wie ihn Jesus Christus und eine Delegation von Heiligen am Himmelstor empfingen und er ihnen erklärte: „Meine Herrschaften, es muss sich hier um einen Irrtum handeln, es kann Sie gar nicht geben."

Die meisten Menschen, pflegte er zu sagen, könne die Wirklichkeit nicht kümmern, es müsse ihnen schon aus praktischen Gründen vollkommen gleichgültig sein, dass wir aus Kometenstaub bestünden und vergehen würden, einzeln und als Art, wie der Höhlenbär und der Ichthyosaurus, die sich auch einmal für wichtig gehalten hätten.

„Die meisten Menschen reiben sich auf mit Hunger und Frieren und Arbeit und Lieblosigkeit. Der Glaube ist für sie stärker als das Wissen, denn der Glaube hat die Kraft der Zauberei. Das Wissen sagt: Du hast noch drei Wochen zu leben, der Glaube aber: Du gehst hinüber in die Ewigkeit. Doch in der Ewigkeit sind wir nur Knochen, und auch das nur, wenn die Bedingungen für eine Fossilierung günstig sind."

Ich stellte mir vor, wie er das den Heiligen erzählte.

Und dann stellte ich mir vor, wie das Od auf seinem Grab in besonders kräftigen Flammen wehte, in synchroner Bewegung wie Soldaten oder wie Tänzer. Denn selbst in seinem kranken, fragilen Greisenkörper war Vaters Od noch eines der stärksten auf der Welt gewesen. Doch auch sein Od würde nach und nach verrauchen, verblassen, verdunsten und schließlich verschwinden. Niemand mehr würde wissen, wer der Zauberer vom Cobenzl gewesen war, wem man den Isis-Brunnen in Breitenfeld, die Karlsbader Kolonnaden oder das schöne Gitter um den Burggarten verdankte. Niemand mehr würde das Wort „Paraffin" mit Vater in Zusammenhang bringen und selbst das Wort „Od" würde vergessen werden.

Und so beschloss ich, Vaters Od durch mich hindurchzuatmen und weiterzutragen und seinen Wörtern in vielen Worten einen Halt zu geben.

Und so, am 22. Februar 1869, dem Tag von Ida Zitterers Einzug, nahm ich Tintenzeug und Papier und begann alles aufzuschreiben.

Danksagung

Ich danke meinem Bruder Martin Wieland und meinem Schwager Saeed Safari (beide Universitätsbibliothek Wien) für eine spannende gemeinsame Rechercherreise durch Mähren sowie das Auffinden von unauffindbaren Dokumenten in den Tiefen der Archive.

Meiner Biologinnentochter Pia Balàka danke ich für vielerlei Informationen zu und Recherchehilfe bei allen naturwissenschaftlichen Themen.

Den Mitarbeiterinnen des Muzeum Blanenska im Schloss Blansko und des Schlosses Rájec nad Svitavou (früher: Schloss Raitz) gebührt meine Dankbarkeit für die Bereitschaft zur Beantwortung unzähliger Fragen sowie die kostenlose Zurverfügungstellung von Informationsmaterial.

Ich danke meinem Lektor Georg Hasibeder für seine einfühlsame und genaue Arbeit am Text.

Meinem Verleger Markus Hatzer danke ich dafür, dass er nie aufgehört hat, an dieses Buch zu glauben.

Bettina Balàka
Kaiser, Krieger, Heldinnen
Exkursionen in die Gegenwart der Vergangenheit
192 Seiten, gebunden mit Schutzumschlag
ISBN 978-3-7099-3424-1

Erhellend und unterhaltsam schreibt Bettina Balàka über das
Erbe des Ersten Weltkriegs, die vergessenen Heldinnen der
österreichischen Frauenbewegung, den mühsamen Kampf der
Frauen um Zugang zu Universitäten und „Männerberufen", den
immer noch lebendigen Habsburger-Mythos, die Tradition Europas
als Schmelztiegel der Kulturen und davon, wie wir uns an den Krieg
erinnern.

www.haymonverlag.at

Bettina Balàka
Die Prinzessin von Arborio
Roman
264 Seiten, gebunden mit Schutzumschlag
ISBN 978-3-7099-7239-7

Elisabetta Zorzi ist attraktiv, beruflich erfolgreich und begehrt
– und sie ist eine schwarze Witwe, wie sie im Buche steht. Kann
ein Mann ihre Erwartungen nicht erfüllen, ist er seines Lebens
nicht mehr sicher. Die charmante Mörderin trauert gerade um
Chuck, ihren jüngst verstorbenen Lebensgefährten, als sie von dem
Kriminalpsychologen Arnold Körber überführt wird. Körber ist
fasziniert von Zorzis Verbrechen – noch mehr aber von ihr selbst
… Mühelos verbindet Bettina Balàka Krimi und Liebesgeschichte
zu einem außergewöhnlichen Roman – scharf beobachtet, brillant
erzählt und wunderbar amüsant.

www.haymonverlag.at

Gedruckt mit freundlicher Unterstützung durch die Stadt Wien, MA 7 – Kultur, Wissenschafts- und Forschungsförderung, und das Land Salzburg, Abteilung Kultur, Bildung, Gesellschaft und Sport.

Dieses Produkt ist Cradle to Cradle Certified® auf Bronze-Niveau. Cradle to Cradle Certified® ist eine eingetragene Marke des Cradle to Cradle Products Innovation Institute. Dieses Buch findet seinen Weg ohne Plastikfolie, die es unnötig einhüllt, zu dir – für unsere Umwelt und unsere Zukunft.

Auflage:

4	3	2	1
2026	2025	2024	2023

© 2023
HAYMON
verlag
Innsbruck-Wien
www.haymonverlag.at

ISBN 978-3-7099-8207-5

Lektorat: Georg Hasibeder
Projektleitung: Haymon Verlag / Judith Sallinger
Buchinnengestaltung nach Entwürfen von: himmel. Studio für Design und Kommunikation, Innsbruck / Scheffau – www.himmel.co.at
Satz: Da-TeX Gerd Blumenstein, Leipzig
Umschlaggestaltung, Gestaltung von Vor- und Nachsatz: Suse Kopp, unter Verwendung von: akg-images / brandstaetter images / k.A. (Stich des Schlosses Cobenzl) und A Section of the Constellation Cygnus (August 13, 1885) von Paul Henry aus dem digitalen Archiv des Metropolitan Museums (The Met, Gilman Collection, Purchase, Robert Rosenkranz Gift, 2005) (Sternenhimmel)